Sonya
ソーニャ文庫

薔薇は偽りの花嫁

柊平ハルモ

JN167959

イースト・プレス

contents

プロローグ

「……あんっ」

思わず漏らしてしまった声は、熱を帯びていた。

甘く、鼓膜《こまく》にねばつくように残る響き。いったい自分のどこから、こんな声が出てくるのだろう。

かあっと、頬が熱くなる。

ビロードのカーテンで閉ざされた寝台の上。フローラのはしたない姿を見ているのは、たったひとりの男だけだ。

日は高く上っているというのに、まだ服を身につけることを許してもらえない。暗い寝台の内側に押し込められ……――貪《むさぼ》られつづけている。

この男の手で、体の隅々まで暴かれてしまった。フローラの中にある秘密の場所を無遠慮に開いた男に、抗うすべはなかった。

そして今、男はフローラの一番奥にまで入りこんできている。ときどき、濡れた音がそこから漏れていた。男と自分とが深い場所で絡みあい、はしたない音を立てているのだと思うと、それだけで消え入りたいような心地になった。

——あんな場所、に……。

足を大きく広げさせられ、男の体を間《はざま》に挟みこまされていた。筋肉質で硬い体だ。フローラの柔らかい太股が、男のかたちに歪《ゆが》んでいた。

自分の体の奥深いところが、こんなにも熱くなり、潤《うるお》いはじめるなんて知らなかった。知らないままで、いたかった。

でも、目の前の男は、フローラが無垢でいることを許してはくれなかった。柔らかな肉が濡れそぼち、疼いてしまうほど、フローラの体に快楽を教えこんだのだ。

肌がざわめく。微熱に浮かされるように、望まない快楽の淵《ふち》で溺れつづけていた。

男の大きな手のひらは、今もフローラの胸を包みこんでいる。熟《う》れない果実のように硬かった胸に熱を孕《はら》ませたのもまた、この男だった。

小さな尖《とが》りに歯を立てられると、そこは一際張りを持つ。さらに体へ力が入って、フローラは自分の中を穿《うが》つ男の欲望そのものを締めつけてしまった。

「……やっ」

男の熱いたかぶりに貫かれ、今もなお頬張らされていることを意識した瞬間、体の芯が重くなったような気がした。きゅんと締めつけてしまうと、まるで自分が男を欲しているみたいだ。あまりにも恥ずかしくて、フローラは顔を両手で覆ってしまう。

「……いいんだな？」

かすれる声で問われる。

わずかに、笑みが籠《こ》もっているかのようだった。

フローラの胸をなぶっていた男が顔を上げた気配がする。顔を覆っていた手のひらの指の隙間から様子を窺うと、彼は皮肉っぽい笑みを浮かべ、フローラを見つめていた。

でも、見えたのは男の顔だけじゃない。

「ひ、あ……っ」

喉が鳴る。

甘噛みしつづけられていた胸の突起は熱を持ち、色づいて、男の唾液で濡れている。感じているのだとそのすべてで表しているかのように、芯が通って立っていた。とてもではないけれども直視できなくて、フローラは思わず目を伏せる。

言葉にされなくても、自分のはしたなさを論《あげつら》われているようで、恥ずかしくてたまらなかった。

きゅっとくちびるを引き結び、フローラは羞恥心をこらえようとする。そんなフローラを弄《もてあそ》ぶみたいに、男はフローラの右胸を手のひらで包みこんだまま、意地悪く腰を揺らした。

「……っ、あ……んっ、あう……」

男の指にこねくりまわされ、形を変える胸から、新しい熱が生まれる。つんと立ち上がった突起を、わざとらしく音を立てるように吸われると、激しい快感で背がしなってしまった。

それだけでも受け止めきれないくらい強い刺激だというのに、さらに男はフローラの中を掻き回しはじめる。

「……きゃっ、う……」

とろとろに柔らかくされて、奥から溢れる熱いもので濡れているその場所は、張り詰めて硬くなった男の欲望を受け入れ、しっとりと包みこんでいる。そこはとても繊細で、はしたないほど敏感なので、軽く揺すぶられるだけで全身がぴんと張るような強い悦《よろこ》びがこみあげてきてしまう。

——気持ちいい、なんて……、思いたくないのに……っ。

突き上げてくるような男の動きに、呼吸まで乱れる。恥ずかしい。はしたない。でも、とても気持ちがよかった。男に体を貪られて喜んでいる自分を思い知らされ、いたたまれなかった。

「……ん、く……ぅ、ふ……」

無知な体は、男に教えられた悦《よろこ》びにとても従順だ。消え入りたいような気持ちでいるのに、自分の体に裏切られる。

漏れる声は甘くて、頭の芯はしびれるみたいにくらくらしていた。男の欲望で掻き回されているそこは、ひくんひくんと震えているかのようだった。

「……昨夜まで、なにも知らない体だったのにな」

「や、ん……っ」

フローラの胸を愛撫する男の手のひらに、力が籠もる。

「ずいぶんと、物覚えがいいじゃないか。もう、なにをされてもイイんだろう？　俺のこれが、好きでたまらないという顔をしている」

「ひゃんっ」

体内のものを誇示《こじ》するように、大きく挿出される。与えられた刺激で、思わず腰がはねてしまった。

それが好きだなんて、ふしだらなことは思っていない。とんでもない誤解に、思わずフローラは瞳を潤ませてしまった。

「や……、違う、の……っ」

フローラは、小さく首を横に振る。

違う、ダメなの、と繰り返し。譫言《うわごと》みたいに囁《ささや》いた。

「違わないだろ？」

「……っ、ひゃあんっ」

男の指先が、彼の欲望を咥《くわ》えこまされた場所の、ちょっとだけ上にあるものに悪戯《いたずら》した。柔らかな肉に大事に隠された小さな芽のような尖りには、悦びのすべてが詰め込まれている。それを、フローラに教えたのもまた、男だった。

「……そこ、や……あ……っ」

「嘘をつくな。ここを、弄《いじ》られるのが好きだろう？　爪を立てられるのも、指で擦られるのも……」

ふっと、男は笑う。

「……ああ、舐められるのが一番好きだよな」

「……や……ん、あぅ……っ」

「ぬるぬるしているせいで、摘《つま》んでやれないじゃないか」

震えている肉芽を指の腹で押しつぶしながら、男は囁きかけてきた。

「……ないで、しないで……、そんなの、やぁ……」

フローラは、いやいやと子どもみたいに首を横に振る。

そこをいじめられるのは、本当に辛い。一気に鼓動が速くなり、熱が爆《は》ぜてしまいそうだった。

「こんなに濡らしているくせに」

低い男の声は、熱を帯びている。

でも、その魅惑的な琥珀《こはく》色の瞳は、きっと冷ややかに凍《い》てついているに違いない。

その目で見つめられているのだと思うと、フローラはとても男の顔を見ることなんてできなかった。

「おまえは、『いや』ばかりだな」

フローラの片足を抱えるように膝を立てさせ、その内側にキスをして、男は小さく舌打ちした。

「愛してもいない男へ体を差しだしたのは、おまえ自身だろう?」

「……っ」

フローラは、つい涙ぐみそうになった。

男の言葉は、無情なまでに真実だ。

フローラのはしたなさ、卑怯さを、責めているみたいだった。

愛していない。

そして、愛されていない。

そんなことは、よくわかっている。

この男は、フローラのことを愛していない。むしろ、憎んでいるのかもしれなかった。

――わたしは、偽りの花嫁だから。

胸が痛い。

彼を騙したも同然だ。

だから、彼が怒るのは当たりまえなのだ。

フローラが愛されるはずはなくて、ただの欲望の捌《は》け口として扱われても、どうして彼を恨むことができるだろうか。

——だから、痛いだけでいいのに。

快感なんて、教えないでほしい。

男には、彼自身の愉《たの》しみだけを追い求めてほしかった。

「……おまえは、俺を満足させてくれるんだろう？」

「……んあっ」

男が、よりいっそう深いところまで入りこんできた。

彼の声を、近くに感じる。

「それならば、もっと素直に悦んでみろ」

「え……」

「……おまえは——」

一段と小さい声で、男がなにか付け加えた気がした。

でも、フローラには聞こえない。男がフローラの背をベッドに押しつけるように、激しく欲望を叩きつけはじめたのだ。

「……あ、やぁ……っ」

怒らせたのだと、思った。

柔らかな内側の肉が、男の硬くて熱い欲望で擦りあげられる。そこはたっぷり濡れているし、すでに男自身が放ったものが満ちているはずなのに、ひりつくような痛みがあった。

男の激情そのものを、ぶつけられているかのようだった。

「……んっ、は……あ、あ……っ、あ…ぁ……」

男に突き上げられ、揺すぶられながら、フローラは彼に手を伸《の》べる。

――どんな扱いをされたっていい。あなたが望むなら、私は従うって決めたのだから。

でも……。

頬を撫でる。男の頬は、強張《こわば》っていた。そして、ぞっとするほど冷たい目で、フローラを見下ろしている。

――……あなたはどうして、こんなことをするの？

少しも、楽しそうじゃないのに。

ACT 1

短い夏が、終わろうとしている。

頬をくすぐる風には、秋の気配が漂っていた。その涼やかさには解放感があるように思えて、フローラは小さく息をついた。

七つの海を統《す》べるこの大帝国において、本国の夏はあっという間に過ぎ去っていく。社交の季節《ザ・シーズン》に帝都ロンドンに集《つど》った貴族たちは、そろそろ領地への帰還《きかん》を考えはじめる時期になっていた。

――嬉しい。お父さまは、いつお戻りになるのかしら。

手にしていた本を象眼細工《ぞうがんざいく》のテーブルに戻して、フローラは窓の外へと視線を移す。

広大な緑の森に包まれたフローラの生家、コンコード伯爵のカントリーハウスである ハドソン城《ハドソン・カースル》と違い、ここロンドンのタウンハウスの窓から見えるのは、賑わう帝都の街並みだった。行き交う馬車も、人々の足並みも、どこかせわしい。

少し足をのばせば、いくつでも公園はあるけれども、屋敷から緑が見えないのは寂しくも感じられた。

　たいそうな社交家で知られる両親とは違い、フローラは華やかな場所にも、社交界にも苦手意識がある。緑に囲まれた領地《エステート》の屋敷が恋しかった。

　こんなフローラでも、十七歳で社交界へのデビューはすませている。長い裳裾《トレーン》のついたイヴニングドレスで身を飾り、震える指先で花束を摑んで、女王陛下の代理である輝くばかりに美しい皇太子妃殿下に挨拶をしたのは、ちょっとした試練だった。伯爵家に生まれたフローラにとっては、避けられない通過儀礼のひとつだったけれども、苦労して無事に社交界デビューをすませてからも、あまりパーティなどに顔を出していない。基本的にお断りするようにしていた。

　それに、いくら招待状が来たとしても、それはフローラの身分と父の交友関係ゆえ。本当は、上流階級の人々からは、自分が彼らの世界に値しない存在だと思われていることも知っていた。社交界が苦手というよりも、むしろ人と交流することを避けたい。いや、もっと言ってしまえば、ほんの少しだけ、他人が怖い。

　許されるならば、ずっと父の所領《エステート》に籠もっていたいほどだ。

　しかし、社交の季節《ザ・シーズン》の間は主不在で使用人も減るカントリーハウスに、フローラがひとり残るなどということわがままを聞いてもらえるはずもない。パーティーを欠席するだけで、婚期が遠のくと、母である伯爵夫人に叱られるくらいなのに。

――……結婚なんて、するつもりはないのに。

フローラは、小さく息をついた。

いっそのこと、教会に駆けこんで、修道女にでもなってしまおうか。ここのところ、よくそんなことを考える。

けれど、フローラはそこまで思い切れていなかった。

貴族社会に、フローラの居場所はない。それはわかっているのだが、今はまだこの世界を飛び出す勇気がなかった。

未練は、恋心だ。

たとえ叶わない想いでも、陰からその姿を見つめているだけで幸せになれる、そういう存在がフローラにはいる。

――もう少し、あと少しだけ……。

自分に言い聞かせるように、フローラは心の中で呟く。

――レキシントン子爵とお姉さまが幸せになるのを見届けられたら、きっとわたしも諦められる。

自分にはとても手が届かない、美しい貴公子の姿を思い浮かべるだけで、フローラは幸せになれる気がした。

フローラがほのかな想いを寄せている、レキシントン子爵オーガスタスは、ひとつ上の姉、フローレンスの婚約者だ。

フローレンスは社交界の薔薇《ばら》、レディ・ローズという愛称で知られている。由緒ある家柄であるオールドベリー公爵家の後継者で、社交界中の憧れの的であるレキシントン子爵に、ふさわしい淑女だ。

姉妹とはいえ、フローラとは違う。

レキシントン子爵は、昔からコンコード伯爵家に出入りしていた。遠縁ということもあり、両親ともに親しくつきあっていたからだ。

ある不幸が訪れたあとも、変わらない態度で接してくれるレキシントン子爵への恋心を、フローラはずっと胸のうちに秘めてきていた。

でも、彼と結婚したいなんて、考えもしていない。

フローレンスという人がいるからだ。

フローラたちの父、コンコード伯爵は、かつて社交界きってのダンディと呼ばれた人だ。若いころほどでもないが、ロンドンでの華やかな生活が大好きなことには変わりがない。いまだ父は多くの貴婦人に好かれているようで、母である伯爵夫人は心中穏やかではないようだ。でも、父伯爵のそういうところが母の自慢だということも、フローラはよくわかっている。

そんな父と同じように、フローレンスは人を惹きつける魅力に溢れている。美しいだけではなく、人の目をそらさせない話術や挙措《きょそ》、そしてちょっとコケティッシュな笑みは、社交界の華と呼ばれるにふさわしい。

レキシントン子爵がフローレンスに求婚したのは、当然のことだ。

だから、レキシントン子爵に憧れはあるものの、最初からフローラはフローレンスと張りあうつもりなどなかった。

自分に、そんな資格はない。

今は、憧れのふたりが幸せになるように、そっと陰ながら祈るだけだ。

ふたりの結婚式に出席したら、修道女になりたいと両親に伝えるつもりだった。

修道院に入って、社会に奉仕しながら祈りの日々を送る。そうするのが、自分にとっての一番いい人生なのではないか……——物思いに沈むフローラは、足音に気づいた。

振り返ると、姉のフローレンスが立っている。

「フローラ、お父さまがお呼びよ」

けぶるような金髪に、澄んだ青い瞳の持ち主。白い肌は、鮮やかなスカーレットのアフタヌーンドレスに引き立てられている。小さなくちびるは、濡れたように赤い。まるで、朝摘みの薔薇みたいな人だった。

ふっくらとした瑞々しい肢体をしているが、最新モードのドレスに包まれた腰は、折れそうなほど細かった。まさに理想的な女性美の持ち主が、フローラの姉だ。

フローラは、どちらかと言えば痩せている。肌は白いけれども、白すぎてそばかすの名残がある。もうフローラしかその痕跡には気づかないと言われるけれども、それが恥ずかしくて、いつも俯きかげんになっていた。

髪の色や瞳の色は、姉と似ている。子どものころは、顔立ちももっと似ていた。だから――。

フローラは、小さくかぶりを振る。

もう、なにもかも過去だ。

リトル・ローズと呼ばれた、幼い日のことなんて。

「珍しいですね。お父さまがこんな時間に、屋敷にいらっしゃるなんて」

フローラは、首を傾げる。

「もしかして、所領《エステート》に戻る日が決まったんでしょうか」

つい声が弾んでしまった。

所領に戻れば、ロンドン生活ともしばらくお別れだ。社交界から離れられると思うと、ぱっと気が晴れる。

いそいそとフローラが立ち上がると、フローレンスは眉間《みけん》に皺《しわ》を寄せる。

「なによ、嬉しそうに」

フローレンスは、小さく肩を竦《すく》めた。歩きだしながら、彼女は不満を口にする。

「カントリーハウスにいても、つまらないじゃない。素敵なお芝居も、おしゃれなパーティーもないもの。狩猟パーティーなんて、お好きなのは殿方だけでしょ。夏は短すぎるわ。もっとロンドンにいたいのに」

華やかな生活が大好きな姉は、社交の季節を楽しんでいる。だから、いかにも不服そうな顔をしていた。

「でも、フローレンス。所領に戻っても、今年はやらなくてはいけないことが、たくさんあるじゃない。きっと、これからは楽しいことばかりよ」

姉と連れ立って歩きながら、フローラは姉を宥《なだ》めるように言う。それは姉の機嫌をとる言葉ではなくて、事実の確認でしかなかった。

「まあね。それはそうだけど」

フローレンスは、いたずらっぽく笑う。

彼女は近々、レキシントン子爵との正式な婚約を発表する予定だ。そして、来年の社交《ザ》の季節《シーズン》には結婚式を挙げるだろう。

幸せでいっぱいのフローレンスは、ますます美しくなった。彼女の放つ輝きで、フローラは掻き消えてしまいそうだ。

「たしかに、今年の冬は忙しいわね。来年には、わたしもレキシントン子爵夫人になるんですもの。結婚のお支度って、本当にたいへんそうだから、あっという間に時間は過ぎてしまうかも」

嬉しそうなフローレンスだが、わざとらしいしかめっ面を作ってみせる。

「でも、どうせならロンドンのお店で仕立てたいわ」

「ドレスメーカーを、城に呼ぶのでしょう？」

フローラは、首を傾げる。

姉がロンドンの街が大好きだというのは知っているけれども、どうせドレスの仕立てなんて、職人をカントリーハウスに呼ぶことになる。どこにいても同じだろうにと、フローラは不思議だった。

「それはそうだけど……。もう、フローラってばわかってないわね。いろいろ見て歩くのが楽しいんじゃない」

「見て歩くって……」

「そうよ、百貨店に品物を見に行くの。ちょっとした小物なんかだと、結構いいものがあるみたいよ。流行がわかって面白いの。花嫁支度《トルーソー》に取り入れるのもいいかもって思ってね」

百貨店というのは、たくさんの商品を取り扱うお店だという。フローラは行ったことがないが、新しいもの好きなフローレンスのお気に入りみたいだ。

「出入りの商会に言えば、全部揃えてくれるでしょうに」

昔ながらの買い物の仕方のほうが便利そうなのにと、フローラは思う。人混みが苦手だからかもしれないけれども。

「本当にわかってないわね」

フローレンスが、小さく頭を横に振る。

「ひとつひとつ、お気に入りのものを揃えていくのがいいのよ。ひとつ花嫁支度《トルーソー》が揃うたびに、お嫁に行くんだって実感できるでしょ」

「……そう、ね……」

フローラは、あいまいに頷いた。

少しずつ、花嫁になることを実感できる。そう言って笑うフローレンスの幸福は、目映《まばゆ》いくらいだ。

フローラが絶対に手にすることのない、甘い将来の夢にフローレンスは浸《ひた》っている。

「もちろん、ドレスや下着みたいな大事なものは、全部仕立ててもらうことになるけれど、香水とか扇《おうぎ》とかくらいなら、百貨店で流行のものを探してもいいと思うの」

「フローレンスらしいわね」

動揺を隠すことは、できているだろうか。フローラは、とびっきりの笑顔で言う。

「フローレンスは、この国で一番綺麗な花嫁になると思うわ」

姉はとても美しい人だから、本心からの言葉だ。ただ、胸が痛んで仕方がないことを隠しているから、上手に笑えたか不安だった。

姉の嫁ぐ相手に恋をしてしまった馬鹿な妹だと、知られたくはなかった。

――いっそのこと、早く来年になってしまえばいいのに。

姉と好きな人が結婚するという現実を、突きつけられたい。

そうすれば、未練がましい思慕《しぼ》の炎も消えてくれるのではないか。俗世《ぞくせ》へ後ろ髪引かれる気持ちも、きっと消えるに違いない。フローラは、そう期待していた。

「ありがとう、フローラ。あなたにも、早くいい人が見つかるといいわね」

「……わたしは、結婚なんて考えてないわ」

フローラは、素っ気ない口調になる。複雑な胸のうちは、気取《けど》られないように。

「また、そんなことを言って」

フローレンスが、呆れたような表情をする。

「あのね、いろんなことを言う方はいらっしゃるかもしれないけど……。わたしは、あなたに結婚する資格がないなんて思わないわ」

「修道院での静かな生活に、憧れてるの。だから、フローレンスが結婚したあとには修道女になろうって、ずっと考えていたのよ」

そうやって、はっきり言葉にするのは、初めてだったかもしれない。これで吹っ切れるかと思ったが、そうもいかないようだ。

ほろ苦さが、舌先に残っている。

姉の言葉に、じくじくと胸は痛んでいた。でも、「痛い」と言うことなんて、できない。たとえ姉相手だろうとも、フローラは心の中の一番柔らかい部分を見せられるような性格ではなかった。

「フローラ……」

フローレンスは、小さく息をついて、困ったような表情になった。

「どうしてかしらね。子どもの頃、わたしたちはとてもよく似てたじゃない。わたしの好きなものは、フローラだって大好きだった。楽しいことも、嬉しいことも、同じように感じていたはずよ。それなのに、今では正反対になっちゃったわ」

フローレンスが、じっとフローラの顔を見つめてくる。その青い瞳には、浮かない表情をしたフローラがくっきり映し出されていた。

「……」

フローラは、応えられない。

ふたりを分かつ出来事がなんだったのか、フローレンスも知っているはずだ。それなのに、あれは問題にならないとでも思っているのだろうか。

彼女がレキシントン子爵に選ばれて、フローラは選ばれなかった。だが、それが決定的な出来事だったわけではない——。

　フローラは、小さく頭を横に振る。

　胸の中に湧き上がる暗雲を、霧散《むさん》させるかのように。

「……フローレンス。それより、なにかご用だったのではなくて?」

「ああ、そうだわ。忘れていた。お父さまがライブラリーでお待ちだわ。行きましょう」

「ええ」

　フローラは、こくりと頷いた。


　上流階級の生活には、細かな決まりごとが多い。ドレスだって、時間帯で着るものが変わるから、一日に何度も着替えが必要になる。

　部屋も目的によって使いわけられていたし、それぞれの立場によっては、入ってはいけない領域もあった。

　ライブラリーは蔵書や絵画などが収められていると同時に、身内やごく親しい人だけで気取らずくつろげる居間《ドローイングルーム》の役割も果たしている場所だ。

　だから、父がライブラリーに自分や姉を呼ぶのは、なにも珍しいことでも、変わったことでもない。

　しかし、フローラは、どういうわけかひどく胸騒ぎがしていた。

これから、なにかが起こるような気がして。

＊　＊　＊

「フローレンス、フローラ、よく来たね」

姉と連れ立ってライブラリーに赴けば、父であるコンコード伯爵が待ちかねたと言いたげな笑顔を向けてきた。

その傍らに寄り添う母は、どういうわけか浮かない顔だ。気持ちが沈んでいるのを通りこし、泣き出しそう……――いや気を失いそうにも見えた。気付け薬が必要かもしれない。

「お父さま、お母さま、いったいどんなご用でしょうか」

ドレスを軽く摘まんで引くように挨拶をすると、父伯爵はやけに機嫌がよさそうな表情になる。どことなく、作りものめいているように見えるほど大仰《おおぎょう》に。

「フローラも、すっかり大人びたな。なあ、伯爵夫人」

「ええ……」

気もそぞろという様子で、母である伯爵夫人は頷いた。

どうも様子がおかしい。

フローラは、いぶかしげに首を傾げた。

父伯爵はいつになく、フローラに対して親しみをこめた笑みを向けてくる。

フローレンスは、両親の自慢の娘だ。一方、フローラは、包みかくさずに言ってしまえば、両親にもてあまされてるのだと思う。愛されていないとは思っていないが、両親はフローラを扱いかねている気がしていた。

でも、それは両親のせいではない。もとを正せば、フローラが幼い頃に巻き込まれた、ある事件のせいだった。

そしてその事件が、双子のようにそっくりだと言われていたフローラとフローレンスを、分かつきっかけになったのだ。

それなのに、フローレンスに向けるような表情を、父がフローラに対して向けてきている。

なにがあったのかと、不思議に思うのも当然だ。

「……おまえたちを呼んだのは、縁談があるからだよ」

「縁談？」

父の言葉は、あまりにも思いがけないものだった。

横に立つフローレンスが、首を傾げる。

「お父さま、わたしの結婚のことでしたら、この社交の季節《ザ・シーズン》最後の舞踏会を前に、新聞で発表される手はずではありませんか？」

「……子爵とのご縁のことではないんだ、フローレンス」

父は、小さく咳払いをした。

若いころダンディで鳴らした父は、今でも上流階級の人間らしい気取った仕草がしっくり似合う。

「実は、私の知人が、おまえと結婚したいというのだ。……その、持参金は必要ない、身一つできてほしいと」

「え……」

フローレンスは、呆然とする。

フローラもまた、父の言葉の意味が理解できなかった。

なにを今更、そんなことを言うのだろうか。

レキシントン子爵とフローレンスの縁談は、両親ともに大賛成のはずだ。そもそも、フローラたちを彼と頻繁に交流させたのは、娘たちのどちらかをレキシントン子爵の花嫁にと考えていたからではなかったのか。

「お父さま、お待ちください。わたしにはレキシントン子爵という方がいらっしゃいます！　それなのに……」

フローレンスの声は、震えていた。

レキシントン子爵と姉は相思相愛で、結婚すると決まっていた。それを、他の男との縁談があると言われては、動揺するのも当然だろう。

「それはわかっている。だが、このままでは我が家は体面を保てなくなる可能性もあるんだ。そうなれば、どのみちレキシントン子爵との縁組みなど、叶うはずもなくなる」

父から笑みが掻き消え、苦渋に満ちた表情になる。

そして、とんでもないことを言い出した。

「どういう……ことですの……？」

呆然とするしかない。

フローレンスの問いかけに、父はうなだれてしまう。

「このままでは、私たちやおまえだけじゃなく、フローラも、それからジャン＝ジャックも、今までとおりの生活などできないだろう」

「ジャン＝ジャックまで？」

フローラは、小首を傾げた。

ジャン＝ジャックというのは、今はイートン校で寄宿舎暮らしをしている、フローラたちの弟のことだ。

まだ学生の彼まで巻き込まれるとは、いったいどういうことなのだろう。

「いったい、なにがあったのですか？」

フローラが問いかけると、父は苦り切った表情になり、それまで黙っていた母が扇で顔を隠してしまった。

しばしの沈黙のあと、母は大きくため息をついた。

「……賭《かけ》です」

伯爵夫人は、低い声で言った。

「伯爵は、ポーカーで負けて……。その結果、コンコード伯爵家の『ローズ』と、賭に勝ったセオドア・オーウェルとかいう男を結婚させる約束をしてきてしまったのです……！」

扇の柄《え》を握りしめる伯爵夫人の指先に、力が籠もった。真っ白になってしまうほどに。強張った指先が、彼女の怒りの大きさを表しているかのようだった。

「……！」

フローラは、絶句するしかない。

でも、呆然としている場合ではなかった。フローレンスがふらついたのに気がついて、フローラはあわてて彼女を支える。

ショックを受けて当たりまえだ。

セオドア・オーウェル。初めて聞く名前だった。母親の口ぶりからすると、好ましくない相手なのだろう。

そんな相手と賭《かけ》をして負けるなんて。いや、負けただけならともかく、どうして父は

『ローズ』を嫁がせるなんて、約束をしてしまったのだろうか。

「私も、こんなことになるとは思わなかった。勝てる相手だと思ったからこそ賭けたんだが……」


父は、小さく息をついた。

「あんな男に『ローズが欲しい』と言われるとは……いったい、いつ見初めたのか」

「どういう方なのですか」

母親に負けず劣らず蒼白になっている姉を気にかけながら、フローラは尋ねた。

コンコード伯爵家の『ローズ』といえば、この美しい姉のことだ。ロンドンの社交界の華、レディ・ローズ。そのふたつ名は、大陸欧州まで鳴り響いている。

しかし、父の口ぶりだと、そのセオドアという男が姉のことを知っているのは計算外だった、と言わんばかりだ。それがフローラには不思議だ。ロンドンやパリどころか、ウィーンまで足をのばしても、社交界で姉の名を知らぬ人などいないだろうに。

「新大陸から来た、商人だ。金の鉱山を掘り当てて、それを元手に事業を始めているらしい」

「新大陸……」

フローレンスは表情を強張らせたまま、その単語を口にする。彼女は無意識にか、首を横に振っていた。

フローラも、目を丸くするしかない。

まさか、新大陸なんて遠い世界の住人が姉に横恋慕しようとは、想像もしていなかった。どれほどの富豪か知らないが、賭で花嫁を奪おうとするなんて強欲すぎる。

「ストラスモア伯爵から紹介されたんだ。……ヨーロッパの社交界に知己《ちき》をほしがっているから、簡単に融資《ゆうし》をしてくれる、と」

父は、小さく息をついた。

——借金をするために知りあった人と、賭をしたということ?

フローラは息を呑《の》む。

中流階級の商売人たちに貴族が金を都合してもらうこと自体は、特に珍しい話ではなかった。

最近では事業をする家もあるが、基本的に貴族は領地からの地代で生計を立てている。商業活動なんてするものではないというのが、上流階級の建前だ。コンコード伯爵家もそうだった。

貴族の生活というのは、とかくお金がかかる。体面にふさわしい生活を保つためには、浪費するのも仕方がないことだと考える人が多かった。

しかし、最近、新興のブルジョア層に社会的地位をとって替わられ、税関係の特権も失いつつある貴族は、昔のままの生活を保つのも難しくなってきていた。

　その一方で、貴族たちは商人から借金するのを悪いことだとは思っていない。自分たちには信用があるからと、とうてい返せそうにない額の借金をしたりする人もいる。

　フローラは、そんな貴族としての在り方が正しいものとは思っていない。心苦しいと、感じることもあった。

　だが、父が借金について悪びれていないのも、古くからの考え方を変えていない貴族としては、それほどおかしいものではなかった。

　フローラが、そんな貴族的価値観に馴染《なじ》めないのは、幼いころの体験が理由だ。ほとんど失われてしまった記憶なのに、脳裏《のうり》に焼き付いたままの光景がある。それが、フローラを後ろめたい気持ちにさせていた。

　でも、今はそれを思い出している場合ではない。問題は、父と賭をしたという男が、コンコード伯爵家の『ローズ』を求めていることだ。

「新大陸って……。海の向こうの、あの田舎ですよね？」

　フローレンスの言葉には、よくない感情が滲んでいる。

　かつて、この大帝国の植民地だった新大陸は、百年も前に独立して、新しい国となっている。王も貴族もいないその国は、ヨーロッパからは『騎士道精神のかけらもない商売人国家』と揶揄《やゆ》されることもあった。

　フローレンスの言うとおり、新大陸には田舎のイメージがある。先入観を持つのはよくないけれども、フローラにとっては未知の世界であり、どうしても父や本から得られる情報から想像するしかなかった。

ヨーロッパのような洗練された文化も伝統もまだない、若い国だという。帝都の貴族たちの感覚からいうと、物珍しさから旅行をしに行く場所であり、決して暮らすようなところではなかった。

でも、自分の力で誰もがチャンスを摑むことができる国なのだと、わざわざ新大陸に渡る人も後を絶たない。

もしかしたら、父が言うよりも、本で描《えが》かれているよりも、もっと魅力的な国ではないだろうか。そう、フローラはこっそり考えている。

フローレンスの美貌は、そんな遠い国の人が知るほどなのだろうか。

当のフローレンスは、顔色を変えていた。

「お父さま、わたしにはレキシントン子爵さまという婚約者がいるんです。いやです、新大陸の成り上がりのところにお嫁に行くなんて……！」

フローラに背を支えられるように立つフローレンスは、激しく首を横に振る。全身で、父の言葉を拒絶していた。

相思相愛の婚約者と別れ、父が賭に負けた代償として新大陸にお嫁に行かなくてはいけないなんて、彼女にはとても耐えられないのだろう。

　フローレンスを鍾愛《しょうあい》している父のことだから、彼女がこれほど嫌がっているならば、無理なことは言わないかもしれない。そう思ったフローラだが、父の表情は険しくなる一方だ。

「申しわけない。おまえの気持ちはわかる。だが、我が家はじまって以来の危機なんだ」

　父の言葉は、本当に意外なものでしかなかった。

　でも一方で、どれほどの危機がこの家に迫っているのか、フローラにも朧気《おぼろげ》ながら理解できた。

　貴族は莫大な資産を代々受け継いできている。当主は、それを好きなだけ使うことができるというよりも、次代に受け渡すために管理をする立場だ。

　父がどれほど姉を愛していようとも、さすがに自分の使命をなおざりにするつもりはないということだろうか。

「先方は、コンコード伯爵家のローズを手に入れられるなら、どれほどの富と引き換えにしても構わないと言っている。我が家にふさわしい出自の人間ではないにしても、おまえに傅《かしず》くように仕えると――」

「いやです！　いやと言ったら、絶対にいや！」

　悲鳴みたいな声を上げて、フローレンスはとうとう泣きだした。

「フローレンス……」

震える背中を撫でながら、フローラはそっと姉に寄り添う。

いったい、どうすればいいのだろう。

フローラにとっては、きらめく宝石のような姉だ。

彼女のことも、そしてレキシントン子爵も愛している。

ふたりが引き裂かれることなんて、あっていいはずがない。

誰よりも、幸せになってほしい人たちだ。

――わたしに、なにかできないかしら。

姉の背にそっと手をあて、撫でながら、フローラは考える。

――……ああ、そうだわ。

フローラに、ひとつ思いついたことがあった。

それは、とても卑怯な手段だ。相手を騙すも同然だった。

もしかしたら、父も同じことを考えているのかもしれない。そうでないなら、フローレンスと一緒に、フローラまでも呼ばなかったのではないだろうか。

「お父さま、その方は確かに伯爵家のローズを、とおっしゃったのですね？」

そっと、フローラは問う。

「ああ、そうだ。彼は『ローズ』としか言わなかった」

父の言葉に、胸の奥がしんと冷えたような心地になった。

――やっぱり。

自分に言い聞かせるように、フローラは独りごちた。

――他に手段はないもの。お父さまだって、きっと苦渋の決断のはず……。

ゆっくりと覚悟を胸のうちで温める。やがて、姉の泣き声が啜《すす》り泣きに変わったころを見計らい、フローラは静かにくちびるを開いた。

「……お父さま」

フローラは、顔を上げる。

「わたしでは、いけませんか？」

そのフローラの言葉に、父ははっとしたように顔を上げる。いや、フローラがそう言い出すのを、待ちかねていたような表情だったというほうが、正しいのかもしれない。

どこか苦いものを感じながらも、フローラは仕方がないとも思っていた。フローラは独り身で、将来を約束するような相手もいない。そして、おそらくこれからも現れないだろう。

たぶん、父だけではなく、母も同じことを考えていたに違いない。扇子の陰で、安堵のため息すらついている。

この家を救うためには、フローラがフローレンスに成り代わるしかない。そう、この場にいる誰もがわかっているのだ。

「わたしが、コンコード伯爵家の『ローズ』としてお嫁にいきます」

フローラは、はっきりそう告げた。

「……嘘をついているわけではないから、神さまもお許しになるでしょう」

胸が痛まないわけではない。

姉に焦がれた男を、騙すことになるのだから。

——……向こうが勘違いしているだけだとしても。

フローラは、苦く微笑んだ。

「わたしだって、『ローズ』です」

もう何年も呼ばれていない名を、舌先にのせる。

二度とそう名乗ることなど、ないと思っていた。フローラにとってその名は、ただ幸福だった幼い日のかけらでしかない。

もう、今では遠い過去の。

「先方がコンコード伯爵家の『薔薇』をご所望《しょもう》としかおっしゃらなかったなら、わたしだって構わないはずです」

そう、フローレンスを名指ししなかったのであれば。

なるべく明るい口調を意識しながら、フローラは言う。

父をしっかり見つめて、こんなふうに話をするのは、いったいいつ以来だろう。

もともと、上流階級の親子なんて、一日一時間ほど一緒に過ごせばいいくらいの関係だ。身の周りの世話をしてくれる、子ども部屋付きの侍女たちのほうが、よほど近い相手ということになる。もっとも今は、幼い頃世話をしてくれた侍女たちも、ひとりもいなくなってしまっているのだけれども。

「……おまえは強く、賢い娘だ」

父は、フローラを賞賛する。それは、フローラの提案を、婉曲《えんきょく》的に肯定しているも同然だった。

「フローラ、本気……？」

涙を拭いながら、フローレンスが顔を上げる。

高慢な薔薇の花のよう、とも言われているらしい姉だが、根は優しい人だ。大帝国の伯爵令嬢ということを純粋に誇り、自分は人々の上に立つ世界の人間なのだと、ただ無邪気に信じているだけで。

「だって、相手は新大陸の人よ。花嫁を賭の代価に要求するなんて、きっと傲慢《ごうまん》な無礼者だわ」

決めつけるような姉の言葉は、未知の世界からやってきて、遠慮なく自分たちの社会に足を踏み入れてこようとする人々に対する、純粋な怯えが含まれていた。

その感覚は、濃い薄いはあっても、帝都の貴族たちの間で共有されているものだ。

所詮《しょせん》成り上がりの国と、単純に見下しているわけではない。飛ぶ鳥を落とす勢いで勢力を拡大している新しい国への警戒心から来ている感情のようにも、フローラには思えた。

「わたしのことを知りもしないのに、求婚してくるような人なのよ」

「でも、もしかしたら、どこかであちらが一方的にフローレンスを見初めたということも……」

「そうだとしても、きっとロンドンにお友達もいないような人よ。もし、お友達がいるような人だったら、『コンコード伯爵家のローズ』なんて言い方するものですか。そんな人、きっと夫としてもよくないわ」

フローレンスは、眉をつり上げる。

本当に、怒ってくれていた。

自分が嫁ぐつもりはない。でも、妹に身代わりになってほしいと思うほど、フローレンスは薄情な人ではなかった。

家の存続を第一に考えなくてはいけない両親と、フローレンスとでは立場も違う。そのせいかもしれないが、自分のために怒ってくれることが、本当に嬉しかった。

「でも、わたしには婚約者もいないし……」

フローラは、気丈に微笑んでみせた。

「もともと、フローレンスとレキシントン子爵が無事にご結婚されたら、修道院に入ろうと思っていたと言ったでしょう。新大陸での生活は、きっと修道院よりも快適よ」

好きな人と結ばれることはできない。でも、フローラは好きな人の幸せを守ることはできるのだ。

そして、好きな人を守ったという誇りが、きっとフローラを幸福にしてくれる。

「フローラ。あなた、またそんなこと言って……」

「……もうずっと、考えていたことなんです」

姉を宥めるように、フローラは微笑んだ。

フローレンスは、目を大きく見開いた。信じられないと、言わんばかりだ。

「コンコード伯爵家のレディ・ローズは、すべての人に祝福されながら、レキシントン子爵の花嫁になるべきです」

フローラは、きっぱりと言い切る。

「……新大陸から来た求婚者には、『リトル・ローズ』がお相手しましょう」

そう名乗るのは、いったい何年ぶりだろうか。

自分自身が忘れたいと望んだ名を舌先で転がして、フローラは決意をこめてくちびるを引き結んだ。

ACT 2

「さあ、できあがりましたよ」

侍女のメアリーに手鏡を差し出され、フローラは素直にそれを受け取った。本当は、鏡を見るのはあまり好きではない。でも、最後の仕上げをチェックするのは自分の仕事だった。

鏡に映ったフローラは、少し表情を強張らせていた。

こんなにもきちんと化粧をし髪を整えたのは、いつ以来だろうか。意識して、いつもより念入りに、姉のような流行のメイクをしてくれるように頼み、髪型を作ってもらった。よそ行き顔どころか、まるで別人みたいになっている。

「フローラさまはやはり、フローレンスさまによく似ていらっしゃいますね」

双子のような揃《そろ》いのドレスばかり着ていた幼い頃を知らないはずなのに、メアリーはしみじみと呟いた。

「いつも、お支度するたびに、そう思っていました。これからは、今日のように濃い目にお化粧をされるといいと思います」

「やめて。私は、お姉さまみたいに美しくないわ」

フローラは、小さく頭を横に振る。

謙遜《けんそん》しているわけではない。自分が、フローレンスのような輝く美貌の持ち主と違うことくらい、フローラにもよくわかっていた。

でも、しっかりと化粧したおかげで、コンプレックスだったそばかすの跡も気にならないし、いつもより華やかな顔立ちには見えた。白い肌が、くちびるの紅を引き立ててもくれる。

フローレンスみたいに美しくないけれども、今のフローラは、フローレンスの身代わりなのだ。精一杯、装わなければ。

「そんなことはありませんよ、フローラさま。やはり、ご姉妹でいらっしゃいます」

メアリーは、小さく頭を横に振る。

「ハウスキーパーのミセス・ジョーダンに聞きました。幼い頃のフローラさまは、フローレンスさまとお揃いのドレスを着ていて、まるで双子の姉妹のようだったと」

「……そうね」

フローラは、小さく呟いた。

「でも、もう昔のことよ」

姉のフローレンスは、レディ・ローズ。そして妹であるフローラは、リトル・ローズ。揃ってコンコード伯爵家の薔薇の花たち《ローズィズ》と呼ばれていたのは、ふたりが髪を上げる前の、少女の頃だった。

新大陸から来た求婚者は、知らないことだろうけれども。

フローラは吐息をこぼす。

——そう、だから嘘をついているわけじゃないの。勘違いを教えてあげないだけのこと……。

ちくんと、胸が痛んだ。

姉に憧れる見知らぬ求婚者の心を、弄んでしまうようで。

いくら強引なことをしてきた男とはいえ、申しわけないという気持ちもあった。

だが、これは家を守るためなのだ。

もともと、コンコード伯爵家の財政状況はとても悪くなっていたのだという。それで父伯爵は、借金させてくれる相手をストラスモア伯爵に紹介してもらったらしい。

ところが先方は、金を貸すのではなく、借金の肩代わりを申し出た。父が賭に勝てば無条件で、そのかわり負けたら『ローズ』と引き換えに、と。

コンコード伯爵家の領地を維持するために、男の財力は必要なのだという。

社交界に出入りする以上、散財は避けられない。体面を保つために、必要な出費もある。

しかし今はそれどころか、借金の返済に行き詰まったそうだ。

このままだと、破産して領地を手放すしかないのだという。

つまり、どうあっても、この求婚は断れなかった。

父伯爵を責めるつもりはない。伯爵令嬢として、フローラはよい暮らしをさせてもらっていることを自覚していた。

特権が与えられていたのだから、貴族としての義務を果たす必要もある。フローラはそう考えていた。

つまり、家を守ること、だ。

鏡の中の自分を毅然と見据える。

求婚者の機嫌を損ねるわけにはいかない。本物に及ばないとしても、メアリーが言うように、多少はフローレンスに似て見えるというのなら上出来だろう。

今日、父伯爵は求婚者を晩餐《ばんさん》に招いている。

フローラが身に纏っているのは、晩餐会のためのイヴニングドレスだ。

――久しぶりにしっかりウエストを締めつけると、やっぱり苦しいわね……。

フローラは、思わず胃の辺りをさすってしまった。

いつもぎりぎりまでコルセットで腰を締め上げ、折れそうな腰をしているフローレンスを真似てみたが、本当に苦しい。美しさを保つために、姉は毎晩これを我慢しているのだと思うと、頭が下がる思いだ。

フローレンスに求婚した男の気を、少しでも引けるように。そう考えて、フローレンスが着るような、胸元が大胆に開いた女性らしいデザインのイヴニングドレスに袖を通していた。

コルセットをつけた理想のウエストは十八インチとは言うけれども、そこまで締めつけたら、呼吸困難で倒れそうだ。

最新流行のイヴニングドレスは、フローレンスから借りた。襟と袖に真っ白のリヨンレースを飾った、絹サテンのドレスだ。濃いスカーレットは、ここ数年流行している化学染料のおかげで、こんなに深みのある色に染まったらしい。薔薇の浮きだし模様が織りこまれているそれは、肌の白さを引き立ててくれる。

後腰だけを思いっきり膨らませるクリノレットは、見慣れないシルエットだ。今年からの流行だという。

ドレスの形は、めまぐるしく変わる。そういえば、フローラは今年は一着もイヴニングドレスを新調していなかった。

自由に使っていいと言って母が渡してくれた宝石箱からは、インド産ダイヤモンドとルビーのネックレスを借りた。揃いのブローチもあったけれど、かわりに、ふくいくとした香りを放つ薔薇の花を胸元に飾っている。

「メアリー、どうかしら。今のわたしの格好は、おかしくない？」

「もちろんです。今のフローラさまに、見惚れぬ殿方なんていませんよ」

メアリーは、満面の笑顔でフローラを励まそうとしてくれる。

「……そう」

フローラは、小さく息をついた。

みっともない姿ではないらしいので、よかった。なにせ家に籠もった生活をしているので、フローラには基準がよくわからない。

「では、『ローズ』への求婚者をお待ちしましょうか」

自分を奮い立たせるように、フローラは言う。

「そういえば、フローレンスは無事に子爵のもとに着いたのかしら」

「ええ。侍女のリズと一緒に。先ほど、馬車も戻ってきました」

「……よかった」

フローラは、ほっと息をついた。

万が一のことを考え、フローレンスはレキシントン子爵家に身を寄せている。花嫁修業として家風を覚えるためという名目だ。

この家にいる娘は、これでフローラだけだ。

スツールから立ち上がりかけたフローラは、はっとした。

呼び鈴が鳴った。

来客が……――求婚者が、とうとうやってきたのだ。

自然と、表情が引き締まる。

戦場に向かう兵士のような心地で、フローラは階下の音に耳を澄ましていた。


呼び鈴が鳴ってから母が迎えに来てくれるまでの時間は、ひどく長く感じた。じりじりと、迎えの足音が聞こえてくるのを待ちつづけていた。

「フローラ、お支度はできて？」

そう声をかけてきた伯爵夫人は部屋の入り口から顔を覗かせ、はっとしたように立ち止まる。そして、扇を広げて口元を隠してしまった。

「お母さま……？」

不安になったフローラは、問いかけるような口調になる。メアリーは褒めてくれたけれども、社交界慣れしている母から見たら、今のフローラの姿はみっともないものになってしまっているのだろうか。

「……ごめんなさいね、フローラ」

母は小さく頭を横に振る。

「あなたが不憫《ふびん》に思えてならないのです。こんなに美しく育ったのに」

　ふっと、彼女は深い吐息をつく。

「あんなことがなければ、胸を張って社交界にも出られたし、今頃よいご縁もあっただろうに――」

「お母さま。わたしは、よいご縁に恵まれるよりも、フローレンスや伯爵家の役に立てるほうが嬉しいです」

　母の言葉を、フローラは慌てて遮る。

　血の気が下がったような気がしたのは、たぶん、きつすぎるコルセットのせいではないだろう。

「新大陸からのお客さまがいらっしゃったのでしょう？　すぐ参りますわ」

「……ええ。お父さまが今お話をされています。でも、なにもはせ参じる必要なんてありませんよ」

　悔しそうに、伯爵夫人は言う。

「新大陸の商人だけあって、不作法で不躾《ぶしつけ》な人です。ショックを受けないでね」

「……大丈夫です」

　怯まなかったと言えば、嘘になる。でも、フローラは気丈な笑顔を見せた。

「……」

母は細い眉を寄せ、浮かない表情のままだ。求婚者の第一印象は、あまりいいものではないらしい。

――いったい、どんな人なんだろう。

胸のうちで、不安が雨雲のように膨らんでいく。でも、フローラは毅然《きぜん》と顔を上げ、階下を目指した。

大好きな人たちを守るために。

＊　＊　＊

大階段を一歩一歩、ドレスを滑らせるように下りていく。先祖伝来の宝物に飾られたホールでは、父が来客と話をしているところだった。

手すりにつかまったまま、フローラは思わず立ち止まってしまう。

――あの人が、求婚者……。

たしかめるように、心の中で嚙みしめる。

新大陸は、フローラたちの国だけではなく、数多くの国の人間が移民し、暮らしているという。

彼はどの国にルーツを持つのだろう？

階段を下りるに従って、彼の姿がはっきりしてくる。

浅黒い肌に黒髪、そして濃い色の瞳をしているようだ。

精悍《せいかん》な顔立ちは、新大陸の風に吹かれたからだろうか。かの地は、この島国よりも気候が厳しいと聞いている。

長身で痩躯《そうく》の父よりさらに背が高く、そして体つきはがっしりしていて、肩幅もあれば胸板も厚い。肉体労働をする、労働者階級の人間のようだ。およそ紳士らしくない体つきだという、母の呟きが聞こえてきた気がする。

――そういえば、鉱脈を当てたと言っていたわ。鉱山で働く人って、きっとああいう体つきになるのね。

フローラは、彼に興味を抱く。

新大陸のゴールド・ラッシュは、話に聞いていた。命がけで、人々は一攫千金《いっかくせんきん》を目指すのだという。

フローラにとっては、夢みたいな物語だった。でも、彼はそれを実際に体験した人なのだ。

「さ、さあ。ご紹介しますよ。ミスター・オーウェル」

父伯爵は、わざとらしいくらい声を張り上げた。

「私の娘、『リトル・ローズ』ことフローラです」

父の言葉に釣られるように、男は視線を上げた。

そして、フローラを振り返る。

切れ長の瞳が、かすかに見開かれる。

セオドア・オーウェルの浅黒い顔に、はっきりと落胆の色が浮かんだのを、決してフローラは見逃さなかった。

＊　＊　＊

家族に客人ひとりをまじえての、ささやかな正餐《せいさん》。フローラの席はセオドアの隣だったが、彼は話しかけてもこなかった。

フローラは、戸惑うしかない。

こういう正餐のときには、軽く会話をするのがマナーだと言われている。男性のほうから女性にスマートに話しかけるものだ。

まして、セオドアは一応求婚者だ。

――お目当てのお姉さまじゃないから、怒っているのだろうけれど。

だからといって、黙りこむのはマナー違反だ。

怒っているときこそ、ウィットに富んだ対応が求められるのに、彼の直情的な態度はマ

イナスだとしか思えなかった。両親の顔には、「新大陸の人間はこれだから」と書いてある。

ただ、失礼な態度をとられているフローラ自身は、それほどいやな気持ちにもならなかった。

——それだけ、フローレンスに惚れ抜いていたということなのでしょう。

もしかしたら、セオドアは伯爵令嬢という肩書きと結婚したいだけなのかもしれないと、フローラは考えていた。

でも、彼の態度からして、それは勘ぐりすぎだったようだ。

たぶん、期待をもって訪れたのだと思う。怒りは、男がフローレンスに恋をしていた証だ。

彼の瞳は、琥珀《アンバー》みたいだった。黄色みが強いせいか、光の加減によっては金色に近く見える。自然のかわりに豊かな感情が閉じ込められているようで、それがたとえ怒りであろうとも、きらきら輝いていた。風雨にさらされたはずの髪は、最上級品の黒玉《ジェット》の、つややかな色を連想させる。

情熱の強さは、そのまま視線の強さだ。ちらりと見られるだけで、どきっとしてしまう。

今まで、フローラはこんな人を見たことはない。少なくとも、ロンドンの社交界にはいないタイプだった。

　ほのかな想いを寄せているレキシントン子爵は、見事な金髪と青い瞳の持ち主だ。そして、爪の先まで手入れされた、白い手をしていた。

　彼とセオドアは、なにもかも正反対だ。

「……俺の顔になにかついているか」

　不機嫌まるだしに、かすかに不調法《ぶちょうほう》な音を立てながらカトラリーを動かしていた男は、ふいに手を止める。

「あ、いえ」

　フローラは、ばつが悪くなる。

　横顔を盗み見するのは、お行儀が悪かったかもしれない。

「田舎者が珍しいんだろうが、俺は見世物じゃない」

　吐き捨てるような言葉が、彼がフローラにかけた、はじめての言葉だった。

「……申しわけありません。不作法を」

　謝ることしかできず、フローラは視線をそらした。

　じわじわと、彼の不快感が伝わってくる。

　無意識のうちに、横顔を見つめてしまっていた。

　好奇心は否定できない。でも、ここまで非好意的な取り方をされると、フローラもどうしたらいいのかわからなくなる。

求婚なんて、なかったことにされるのではないだろうか。

少なくとも、彼がフローラを気に入っていないことは間違いない。借金の件はどうなるのだろうと思うと、どきどきしてきた。

両親も、困惑した表情を浮かべている。

フローラは、ひっそりと息をついた。

気に入られても、気に入られなくても、ため息とはお別れできそうにない。


今日のメインは、スコットランドから取り寄せた牛のステーキだった。コックのアンダーソンの料理は、いつものとおり美味しかったのだと思う。でも、このときばかりは味もわからず、砂でも噛んでいるような心地になった。

晩餐のテーブルには、あまりにも非友好的な雰囲気が漂っていた。だから、食事のあとにセオドアは「帰る」と言うに違いないと、フローラは思っていた。

ところが、セオドアは考えもしなかったことを口にする。

「彼女と、ふたりきりで話をしたい」

向けられた視線は、あまりにも尖っていた。とても、好意を抱いた相手へのものではない。もちろん、求婚者のそれでもなかった。

まるで、フローラを責めているかのようだ。

——怒るのは当然よね。

彼の鋭い眼差《まなざ》しを、フローラは柔らかく受け止めようとする。

社交界の華を手に入れたと思ったら、その妹が出てきたのだ。

彼の怒りは、理解できる。

それに、肩書きだけで姉に求婚してきたわけではないらしいとわかると、申しわけないような気持ちも湧いてきた。

だからといって、ふたりきりになりたいだなんてマナー違反を言い出したことには、戸惑いしか感じられなかった。

「では、居間《ドローイングルーム》で、お話でも……」

父伯爵がそう言うと、セオドアは黙って首を横に振る。

「彼女の部屋がいい」

「は……？」

「ふたりきりになりたいと、言っただろう」

セオドアは、ぶっきらぼうに言い放った。

その言葉に驚いたのは、フローラだ。

いくら求婚者とはいえ、寝室でふたりきりになりたいだなんて、常識外れな要求だ。

こちら側が事実上求婚を受け入れるしかないにしても、まだ婚約もなにもしていないというのに。

——今から、こんな我が物顔なことをするの？

セオドアはあまりにも傲慢だ。

フローラは、セオドアの妻として、やっていけるだろうか。

母は嫌悪感をあらわにし、父は苦虫を噛み潰したような表情になる。でも、両親とも口を開かなかった。

セオドアを止められない、いや、止められる立場にないからだろう。

——わたしたちには選択権がない。この人に、妻として仕えなくては……、愛されなくてはいけないのだけど……。

フローラは、じっとセオドアを見つめた。

「……わかりました」

逡巡の末に答えはしたものの、緊張で喉の渇きを感じていた。

親しい友人もいないフローラにとって、セオドアは初めて部屋に招く人になる。男の人とふたりきりになるなんて、初めてだった。

——ここは、わたしの家だし……。無茶なことは、されないと思うけど。

自分に言い聞かせるようにして、フローラはどうにか落ち着こうとする。

　取り乱さないようにするのが精一杯で、親しみをこめるように微笑むことはできなかった。

　怒りを隠せない目の前の男の、意図がまったく理解できない。

　視線をそらさないでいるだけで、かなりの努力が必要だった。強張った面持ちで、フローラは静かに頷いた。

ACT 3

寝室はプライベートの空間だ。王族ならば、臣下への寵愛を示すために、寝室へ入ることを特権として許したりもする。

そんな場所で、男性とふたりきりになる。フローラにとっては、もちろん初めての経験だ。

セオドアは、ただの求婚者ではない。選択権は常に彼にありコンコード伯爵家は従うしかない立場だ。

だからといって、初めて顔を合わせたばかりなのに、寝室でふたりきりになることを要求するなんて、本当に失礼な男だとしか思えない。

彼の身分や、粗野な態度なんかよりも、よほどこのことがフローラの胸に反感を抱かせた。

——それとも。……知っているからこそ、なのかしら。

わたしがどういう娘かということを、と。フローラは、かすかに自嘲した。

男性とふたりきりになるなんて、それだけで醜聞《しゅうぶん》になる。

両親がセオドアの要求を受け入れ、フローラと彼を寝室でふたりきりにしたのは、賭の代償としての求婚だからという以外にも理由があった。

フローラだからだ。

――醜聞なんて、わたしにとっては今更……。

そっとくちびるを噛んだのは、さすがにこみ上げてくるものがあったからだ。

もう十年も前のできごとだが、狭い貴族社会では誰も忘れてはくれない。もちろん、両親だって忘れていないのだと、突きつけられた気がした。

忘れたふりを、してくれているだけだ。

フローラの結婚について、両親がフローレンスに対してほど積極的ではないのも、社交界への出入りを嫌うのを黙認してくれているのも、みんなそのためだ。

――思えば、ミスター・オーウェルも気の毒な人だわ。

後ろをついて歩いてくる男を、フローラはちらりと一瞥《いちべつ》した。

――お姉さまに求婚したつもりなのに、よそ者だったばかりに『ローズ』がふたりいることを知らず、わたしのような者を押しつけられてしまうなんて。

わたしのような……――キズモノ。そう、心の中で呟く。

十年前に起こった事件以来、フローラは烙印《らくいん》を押されたようなものだった。

貧民街に連れさられた挙げ句、娼館で発見された。なにをされたかもわからない汚れた娘……——貴族社会がフローラを見る目は、そういうものだった。

男の人と、ふたりきりで会ったと知られるだけでも、未婚の身では醜聞《しゅうぶん》になる。そんな世界で、フローラのような目に遭ってしまえば、同情されるとともに、遠巻きにされてしまっても仕方がなかった。

恐怖のためか、フローラには記憶の欠落がある。幼い少年少女専門の娼館で見つかったわけではないのだが、自分の身になにが起こったかわからない。

フローラが覚えているのは、すさみきった貧民街の雰囲気や、日々の暮らしが辛いものだという印象だけだ。特権階級の人間であることが、負い目に感じられるような。

自分が周囲にどう思われているか知っているから、フローラは恋を諦めている。

レキシントン子爵のような輝かしい立場の人が、たとえ事件のあとも親しくしてくれているとはいえ、フローラを妻にしてくれるわけがなかった。

彼だけじゃなくて、他のどんな紳士も、名誉を傷つけられた娘なんて、まともに相手をしてくれるはずがなかった。

自分のような娘は、この狭い上流階級の世界で、幸せな結婚なんてできない。他の階級の人だって、自分の過去を知ったら倦厭《けんえん》するに違いない。

姉の身代わりとはいえ結婚する話が出るなんて、それだけでフローラにとっては奇跡みたいなことだったのだ。

おかしな話かもしれないが、フローラはセオドアに対して憐れみめいた感情も抱いていた。

賭場《とば》に出入りしていた上流階級の人々は、誰も伯爵家の事情を彼に教えてやらなかったのだろう。ロンドンの社交界には紹介状があれば出入りできるが、本当に受け入れられているかどうかは別の話だ。

たとえ、賭の対価として結婚を要求してくるような男でも、寝室に押しかけてくる図々しい礼儀知らずでも、同情の余地はあった。


「どうぞ、こちらへ。ミスター・オーウェル」

フローラの部屋は、三階の奥にあった。中に入り、もっぱら姉が愛用していた壁際のソファを、フローラはセオドアに勧める。

特に遠慮する素振りも見せず、セオドアはソファに腰を下ろした。足を投げ出すような腰の下ろし方に、彼の心境が表れていた。

部屋の壁に貼られたクロスは、一見ビロードに見えるような加工がされている。浮き出し模様が蝋燭に照らし出されて映える落ち着いた暗めの赤色を、フローラは気に入っていた。

年代物の破れやすい繊細なクロスだというのに、セオドアは荒々しく腰を下ろすから、ソファの背もたれが壁とぶつかって擦れてしまうのではないかとひやひやした。

ソファは壁の色にあわせて、革の上に赤みがかったファブリックをかけている。壁より少し明るいトーンのそれは、姉のフローレンスが選んでくれたものだ。

「暗い色合いの部屋にいたら、気分も暗くなるでしょう？　ぱっと華やかな差し色を使ったほうがいいわよ」と、快活に言ったフローレンスの存在こそが、よほどこの部屋を明るいものにしてくれていた。

そこにいるだけで、場が華やぐ。フローラの姉は、そういう人だった。

きっとセオドアも、そんな彼女の噂を聞いて、惹かれたのだろう。

「お茶のご用意でもしましょうか」

「結構だ」

セオドアは、間髪容れずに断ってきた。

「あいにく、紅茶よりもコーヒーが好きだしな。……それよりも、おまえに確認したいことがある」

「なんでしょうか」

荒っぽい口調には、やはり好感を持てない。そう思いながらも、フローラはセオドアの傍らに立つ。

　見下ろすと、彼は視線を合わせようともせず、肘掛けに頬杖をついて呟いた。

「本気で、俺と結婚するつもりか」

「はい。父が、あなたとそのようにお約束したということですので」

　セオドアは、深く息をついた。

「……本当に、おまえも『ローズ』なのか」

　問いかけに、一瞬頬が強張ってしまった。

　嘘を言っているわけではない。でも、その名は、本当はもう二度とフローラが名乗れるはずもないものだった。

「そのとおりです」

　フローラは、かすかに頷く。

「コンコード伯爵家の薔薇たち《ローズィズ》と呼ばれていました。お揃いのドレスを着たわたしたちは、まるで双子のようだとよく言われたものです」

「ふん、俺はまんまと引っかかったというわけか」

　セオドアは、不愉快そうに呟いた。

　そのとおりだ。

　コンコード伯爵家は、『ローズ』はひとりだけだという彼の思い込みを逆手にとった。

そして、言い放ったわけだ。「我が家の薔薇たち《ローズィズ》のうち、ひとりはすでに婚約者がある身。残っているのは、この娘だけです」と。

セオドアが要求したのは『ローズ』だ。フローレンスとは言わなかった。どこかのパーティで彼女を見初めたのだろうが、きっと愛称しか知ることができなかったのだろう。

だから彼は、自分の相手として差しだされたのがフローレンスではないと知っても、その場で帰らなかった。決して伯爵家側が嘘をついたわけではないとわかり、正面切って怒ることが難しかったからだろう。

「……コンコード伯爵家の『ローズ』といえば、ひとりだと決めてかかっていた俺の負けのようだな」

セオドアが怒りを持っているのは、彼自身に対してなのかもしれない。

ふと、フローラはそう考える。

セオドアは、まるで彼自身に舌打ちしているようにも感じられた。

「わたしは、ほとんど社交界に出ていません。今は、姉だけがレディ・ローズと呼ばれています」

「なぜ社交界に出ないいんだ？」

フローラは、きゅっとくちびるを引き結んだ。

こんな不躾な質問に、応えるつもりはない。

話をしているうちに、少しくらい好感を持てないかと思っていたが、無理みたいだ。また、彼がフローラに好感を抱いてくれることを期待するのも、間違っているとしか思えない。

セオドアから伝わってくるのは、ことが思い通りに進まなかった苛立《いらだ》ちだけだ。

彼の勘違いを逆手にとって、騙すような真似をしたのはコンコード伯爵家側だった。こうなるのも、仕方ないのかもしれない。

それにしたって、彼の言動はフローラが当たりまえだと思っていたことを、ひとつずつひっくり返していくようなものだった。

外国から来た人とはいえ、同じ上流階級ならば、もう少し通じあえるものもあった気がする。でも、セオドアは振る舞いひとつとっても、フローラたちとは違う。埋めようがない、溝みたいなものも感じていた。

本当に結婚することになったら、上手くやっていける自信はまったくない。

それに、彼がこの国の上流階級とそつなくつきあっていくのは難しいのではないだろうか。

——ああ、でも……。別に、わたしと結婚したとしても、彼が無理に上流階級と交わっていく必要はないわね。

ぼんやりと、フローラは考える。

——わたしが、逆に中流階級のおつきあいに慣れればいいんだわ。

セオドアは大富豪だ。出身は労働階級でも今は中流階級、ということになるのだろうか。

この国の階級は、財産で区切られているわけではない。

上流階級の相手とは仕事の上でつきあうことはあっても、親しい関係を持つ必要もないだろう。同じ階級の人間とつきあうほうが上手くいくというのが、この国の常識で、処世術でもあった。

「俺みたいなのとは、余計な口は聞きたくないってわけか。……まあいい」

質問に応えなかったことで、セオドアの機嫌を損ねたらしい。声のトーンが、ひときわとげとげしいものに変わってしまった。

彼は眉間の皺を深くし、目を眇《すが》めた。

「……話が本題からずれたな。おまえは、本当に承知しているのか」

「えっ」

「俺の妻になることだ」

セオドアは、疑ってかかっているようにも感じられる。

「……先ほども、そう申し上げました」

フローラは、小声で呟く。

「父から、すべて話は聞いております。あなたが望まれたとおり、『ローズ』はあなたの妻となります」

「俺の言う『ローズ』が、フローレンス・オヴ・コンコードだということも、承知の上でか」

詰問《きつもん》口調の言葉に、思わずフローラは詫びてしまった。

「……申し訳ありません」

「どうして謝る？」

セオドアは眉を顰《ひそ》める。

「わたしは、姉のような素晴らしい貴婦人ではないからです。……お気に召さないのかと思って」

「それは、おまえのほうじゃないのか」

皮肉っぽく、求婚者は嗤《わら》った。

「ろくに目も合わせたくないような俺みたいな男とも、金のためなら結婚するんだろ？誇り高い貴族が、呆れるな」

「……っ」

揶揄《やゆ》された。

容赦なく鋭い言葉だった。

プライドを刺激され、思わずかっと頭に血が上る。

でも、あざけりは事実でしかない。返せる言葉なんてない。フローラは黙りこんでしまった。

彼の言うとおりだ。

お金のために、意に添わない相手とも結婚する。政略結婚は、貴族の娘に生まれた以上、仕方のないことだと思っていた。でも、ここまでして体面を保ったとして、本当に誇りは守られるのだろうか。

足下が、ふらりと揺らいだ気がする。

男の言葉が、フローラを揺すぶっていた。

琥珀色の瞳は、ひたりとフローラを見据えている。

「……怒った顔は、悪くないな」

セオドアは、小さく笑った。

「人形みたいに取り澄ました表情をされるよりも、ずっといい。その、赤い薔薇の花で染め上げたような色のドレスの鮮やかさにも負けない」

からかわれているのか、褒められているのか、よくわからない。反応に困ったフローラは、意識して表情を隠すほうを選んだ。

「……それではあなたはどうされるのですか。この結婚は、おやめになりますか」

思い切って、フローラは尋ねてみる。

セオドアの狙いはフローレンスただひとりだ。それならば、かわりの花嫁のことなどいらないと、言い出すかもしれない。

そうなったとき、父の借金はどうなるのだろう。

――花嫁を返すかわりに財産贈与の話がなかったことになったら、どうしましょう。

フローラは、ぎゅっと両の手のひらを握りしめた。

でも、もしセオドアが一途にフローレンスに焦がれているのだとしたら、不遜《ふそん》で失礼な態度もすべて許せてしまう。

叶わぬ恋の辛《つら》さは、フローラ自身もよく知っているのだから。


結婚をやめるかどうかフローラが尋ねてから、セオドアはなにか思案しているようだった。

しばし沈黙が流れる。

その間、セオドアの目は真っ直ぐ、フローラを見つめつづけていた。

フローラは、そんな彼を見つめ返す。

傲岸《ごうがん》不遜《ふそん》、どうしたって好意的には思えない人だが、瞳はびっくりするほど澄んでいた。

清らか、というのではない。純度の高い感情が、その双眸《そうぼう》の奥で燃えて、輝きを放っているかのように見えるのだ。

——激情家の瞳というのは、こういうものなの？

自分の父を含め、基本的に貴族というのは感情を表に出さない。『かたい上唇』というのは、フローラたち英国人の気質をあらわす言葉だ。ぐっとくちびるを引き結び、決して動揺を見せないのが美徳とされている。

だから、セオドアのような目をした人は知らない。

いったい、どんな感情がその奥底に秘められているのだろうか。

父伯爵の話だけ聞いていると、打算的で傲慢な商売人みたいに感じたのに。そうとばかりは思えない。

——そういうところは、嫌いじゃない……かも。

彼からみずみずしい感情をぶつけられたのは衝撃的だった。でも、いやなばかりではなかった。

フローラは、静かにセオドアの言葉を待つ。

やがて彼は、口の端を上げた。

「……いや」

はっきりと強い口調で否を唱えた男の言葉に、フローラは落胆した。

姉と結婚できなければ、妹でもいいというのか。

その瞳の奥に燃える激情が、フローレンスへの思慕かもしれない。そんな想像をした自分が、馬鹿みたいだ。

「仕方がない。おまえで手を打とう」

無表情に、セオドアは言い放つ。

結局彼は、伯爵令嬢を妻にしたいだけなのか。

「……わたしは、フローレンスではありませんよ」

一縷《いちる》の望みをかけるように、フローラは言う。

「わかっている」

皮肉っぽく眉を上げて、セオドアは言う。

「だが、同じコンコード伯爵の娘だ」

「……」

彼のその言葉が、フローラの胸を冷やしていく。

――フローレンスだから求婚をした、というわけではないの？

叶わない恋心を抱く人だからと同情をして、その態度の悪さも気にしないようにしようと思ったのに。怒っていたのは、単純に騙されたことでプライドを傷つけられたということなのかもしれない。

「欧州の連中は、商売相手としてままならない。階級だの身分だの伝統だの、本当にうんざりだ」

セオドアは吐き捨てる。

「だが、そういう連中に対して、『英国貴族の称号《タイトル》』は多少なりとも有効だ。こっちにきて、ロンドンだけじゃなく、パリやらアムステルダムやらウィーンやらフランクフルトやらの連中とも話をしたが、さすが落ち目とはいえ大英帝国の威光は利用価値があるらしいな。いまだ希少性の高い称号《タイトル》は、使い勝手がいいらしい」

セオドアは、フローラを一瞥した。

彼の言葉が、理解できない。

爵位が仕事に利用できるなんて発想、フローラにはまったくなかった。

「おまえには、利用価値がある。……社交界の華と称えられているフローレンス・オヴ・コンコードでなくても、コンコード伯爵家の娘という立場は、ひとつの財産だ」

セオドアは、長い足を組み替えた。

「そのためには伯爵家の存続が必要だ。借金の肩代わりについては、俺の事業を成功させるための投資と割り切っている」

「……な……っ」

驚くしかない。

フローラは、目を大きく見開いた。

てっきり、フローレンスをどこかの宴ででも見初めて、拘《こだわ》っているのかと思っていた。こんなふうに、一から十まで仕事上の道具としか思っていなかったとは予想外だ。

——そんな、燃えるような目をしているくせに。

その瞳の奥底で燃えているのは、野心なのだろうか。想像もしていなかったセオドアの態度に、フローラは戸惑うしかない。

「伯爵夫妻は、そろそろ領地に戻るんだろう？　くだらん社交の季節《ザ・シーズン》も終わるようだし」

「え、ええ……」

「では、彼らには一足早く領地に帰ってもらい、俺がここに越してこよう。ホテル暮らしも、もう飽きたしな」

「えっ」

思いがけないセオドアの言葉に、フローラは絶句した。まさか彼がこの屋敷で暮らすつもりとは、想像もしていなかった。

——結婚と引き換えに借金を肩代わりすると言いながら、この屋敷を狙っているのかしら。

領地を寄越せと言われないだけ、マシなのだろうか。タウンハウスならば、また家の財産状況を立て直したあとに購入することもできるだろう。

セオドアは伯爵家を存続させるつもりらしい。たとえ彼が利用するためだとはいっても、一応、伯爵家側と利害は一致することになる。

伯爵家が社交界に出入りできなくなるようなことは、きっと彼もしないに違いない。

あれこれと考えこむフローラに対し、セオドアはさらに不遜なことを要求してきた。

「おまえも、ここに残れ」

「どういう……ことですか」

フローラの声は震えてしまった。

ここはたしかに、コンコード伯爵家の屋敷だ。でも、両親が領地に帰ったあと、フローラがひとりだけこの屋敷に残るなんてことは、考えてもみなかった。しかも、セオドアまで一緒だなんて。

「このタウンハウスを、ロンドンでの俺のオフィスとして利用する」

先ほどまでよりは機嫌よさげに、セオドアは言った。

「オフィス……ですか？」

聞き慣れない言葉を、フローラは舌先で転がす。

「俺の仕事場にするってことだ。この屋敷ならばはったりもきくし、ちょうどいい。そして伯爵令嬢であるおまえは、俺の妻としてここで働け」

「は、働く……！」

思わず、フローラは声を上擦らせてしまった。

今まで想像したこともなかった。

自分が『働く』なんて。

そもそも、フローラにいったいなにができるのだろう。

「女主人として屋敷の采配をしたり、客をもてなすんだ」

「……それなら、わかります……。できます」

フローラは、小さく頷いた。

なにをさせられるのかと思ったら、妻としての役割を果たせということみたいだ。

正式な結婚をする前に、女主人の役割をさせるなんて、ありえない。かなり外聞が悪い話だ。婚約をしたところで、どうだろう。

――世間には、娘の婚約者をタウンハウスで世話している、というかたちで建前を取り繕うのかしら。

セオドアの発想が理解できない。

「おまえが、俺の妻になるというのなら、俺も遠慮はしない。決意ができたなら、秋冬もここに残るがいい」

セオドアは、冷ややかに言う。

「伯爵夫妻には、領地に戻るように俺から伝える。結婚したくないならば、そのときが最後のチャンスだ。彼らと一緒に領地に戻るかどうか、よく考えるんだな」

「……わかりました」

時間をもらったって、答えはひとつに決まっている。

——わたしが、断れるはずがないじゃない。

コンコード伯爵家の所領と財産を守るために、セオドアの財力は必要だ。

貴族の財産の多くは土地と美術品で、それらはそっくり次世代に引き継いでいくのが習わしだ。

家名を絶やすわけにはいかない。

——私もこの人も互いに利用し合っているだけね……。

セオドアは、話はすんだと言わんばかりに、既にフローラから視線を外している。

「……じゃあな」

セオドアは、いきなり立ち上がった。

「あ、あの」

「ひとりになって、よく考えてみろよ」

そう言い残すと、セオドアはフローラの寝室から出て行く。

時間をおいて答えを聞きに来るというのは、彼の自信の証だろうか。

でも、フローラが「やっぱりお断りします」と言い出したら、どうするつもりなのだろう。

それとも、断られてもいいと、思っているのだろうか。

たとえば、この結婚話がなくなることで、父の借金を肩代わりする条件を別のものにするとか……──でも、そんなことなら、セオドアのほうから結婚話を断って、あらためて条件を提示すればいいいだけだろう。どうせ、伯爵家としては断れない。

──いったい、彼は何を考えているの……。

立ち去りゆくセオドアの背中を、フローラはただ見送ることしかできなかった。

ACT 4

セオドアの来訪から三日経ち、両親は所領へ帰っていった。

とるものもとりあえず、ほとんど身一つでの帰郷だ。

そして、フローラはロンドンに残った。

お互いに、あまり言葉はかわさなかった。

両親としては、後味の悪い帰郷に違いない。

使用人は、侍女のメアリーだけ残していってもらった。身の回りの世話をしてくれる彼女だけでも傍にいてくれるなら、フローラはそれでいい。

執事とコックとキッチンメイドは新しく雇い入れることになったが、それはセオドアが手配をしたようだ。どうやら伯爵家には新しい使用人を雇い入れる余裕はなく、セオドアに頼らざるを得なかったらしい。

これまで、家の財産なんてことはまったく考えもしなかった。でも、使用人を余分に雇えないくらい、伯爵家がたいへんな状況にあるということは、朧気《おぼろげ》ながらフローラも理解した。

淑女はお金のことなんて考えてはいけないと教えられて、フローラたちは育った。でも、家の苦しい事情が明らかになるにつれ、無知だった自分が恥ずかしくなってきた。

フローラになにかできたとは思わない。でも、セオドアとの結婚は、そんなふうに守られてきた生活への罰ではないかとも、フローラは感じていた。

両親は夏の名残のパーティーをすべてキャンセルして、フローラとセオドアの婚約を発表する手はずだけ整えて、ロンドンから去っていった。どうにか体面を取り繕おうとはしていたが、この婚約のニュースがしばらく社交界の噂になることは間違いない。

レキシントン子爵家に移ったフローレンスは、大丈夫だろうか。社交家の彼女にとっては、大ダメージだろう。

——でもフローレンスのことは、きっと子爵がお守りになるわ。

フローラは、自分にそう言い聞かせていた。

絵に描いたように華やかなカップルである姉たちを、やっかむ人もいるだろう。しかし、それ以上に彼らは愛されている。

フローラとは違う。

なによりも、相思相愛のロマンスを経て、フローレンスたちは結ばれるのだ。きっと、たいへんなことがあっても乗り越えられるに違いない。

――わたしは……、乗り越えられるかしら。

この三日間の猶予の間、フローラは気がつくと物思いに耽《ふけ》ってしまっていた。

タウンハウスに残ることが、フローラ側からの婚約の意思表示となる。新聞に婚約の告知を出す手はずは整えたし、もう後戻りはできない。

今日、フローラは彼と初めて会った日に着ていた、あのドレスに袖を通した。

これまであまりお洒落に興味がなかったせいか、フローラは自分のファッションセンスに自信がない。でも、一度褒められたものなら間違いないだろう。

それに、フローレンスのドレスを着ると、ほんの少しだけ彼女に近づける気がした。

彼が、本当に手に入れたかった人に。

――この程度のことで、彼の苛立ちが収まるとは思ってないけど。

フローラは、小さく息をついた。

できれば彼と上手くやっていきたかった。

それに、彼との結婚がとりやめになり、借金の肩代わりの話が立ち消えたら、伯爵家は破産してしまう。

だから、フローラは家族のためにも、絶対に後には引けない。

セオドアには愛はないだろうが、打算はあるようだ。それならば、自分も同じこと。フローラが覚悟を決めれば、夫婦としてやっていけるはずだ。

愛したい、愛されたいとまで望めないにしても。

――来るなら、早く来ればいいわ。

時計に目をやる。

セオドアが約束している時間まで、あと三十分。この国の貴族ならほんの少しだけ遅れて到着するのがマナーだが、果たして彼はどうなのだろう。

大きな姿見の前で、もう一度だけフローラは自分の姿を確認する。

不安が大きいせいか、少し表情が青ざめている。薔薇色の頬に見えるように、明るめのほお紅をさしてみたけれども、ちょっと浮いている気がした。

「お綺麗です。お嬢さま」

フローラの不安を感じたのか、そう言ってくれた侍女のメアリーに、フローラは小さく笑ってみせた。

「ありがとう、メアリー」

「……あの、お嬢さま」

メアリーが、おずおずと口を開いた。

「なあに？」

「申し上げにくいのですが、もしもセオドアさまに、その……」

メアリーは、言葉を途切れさせる。しかしやがて、なぜか顔を赤らめた彼女は、小声で呟いた。

「もし、セオドアさまに、なにか無体なことをされそうになったら、大声で私を呼んでくださいね。お助けしますから」

「……大丈夫よ、メアリー。いくらなんでも、暴力を振るわれたりはしないと思うわ」

「……あ、ええ。まあ……」

メアリーは、どことなく歯切れが悪い。

「心配してくれて、ありがとう」

「……私は、お嬢さまに幸せになっていただきたいのです」

絞りだすような声でそう言ったメアリーの背を、そっとフローラは撫でる。

「その気持ちだけで、十分よ」

大好きな人を守ることができるのだから、フローラは決して不幸ではない。コンコード伯爵家を守れる。その上、フローレンスとレキシントン子爵が幸せになってくれるのであれば、フローラもまた幸せになれるはずだった。

＊　＊　＊

セオドアは、五分ほど遅れてやってきた。このあたりのマナーには、彼の国とそれほど違いはないのだろうか。考えてみれば、セオドアの国だって、もとは英国人が作ったわけだし。

メアリーに先導されるように、フローラはゆっくりホールに出る。大階段の一番上から、ホールに立つセオドアの姿が見えた。

彼はあくまで、フローラには関心がないようにしか見えない。仮にも婚約者が出迎えようとしているのに、視線で探す素振りもなかった。

カントリーハウスと違い、タウンハウスのホールは小さい。あつらえられたソファに悠然と腰掛けたセオドアは、長い足を組み、気怠げに肘掛けで頬杖をついていた。

その瞳は、どこを見ているのだろう。

彼の表情は浮かないものだった。フローラが求めていた『ローズ』ではないことを、やはり気にしているのだろうか。

新大陸の社交界にだって、政略結婚はあるだろうに。

自分から言い出したくせに、どこか割り切れないところがある様子のある男を、フローラは不思議に思って見つめる。

持参金とともに海を渡り、この国にお嫁に来た人を、フローラでも何人か知っていた。

彼女たちの父親が、貴族の称号を持つ婿を欲してのことだ。新聞広告に持参金の額まで載せて、貴族の婿を探す大富豪令嬢だっている。

成り上がりはこれだからと言いつつ、上流階級はそれを利用しているのだ。

――我が家は逆のパターンね。

フローラの口元にほろ苦い笑みが浮かぶ。

――こうやって考えてみると、やはり新大陸は豊かな国なのね。……逆に、この国は大丈夫なのかしら……。

こっそり盗み見した父の新聞や、会話の端々から聞こえてくる新大陸の情報は、お金儲けが大好きな商人の国、紳士のいない国、など。あまり褒め言葉ではない。

しかし、全部イメージだけのことだ。

実際に、彼らがどんな暮らしをし、どんなことを考えているのかなんて、家に閉じこもっているフローラにわかるはずがない。

そんな国から来た人と、これから一緒に暮らすのだ。

――大丈夫かしら……。

漠然とした不安が、心の中で膨らんでいく。兆《きざ》した弱気を打ち消すように、フローラは小さく頭を横に振った。

――知らない世界の人と一緒に暮らすのは、初めてじゃないじゃない。

胸一杯に、苦い思いが広がっていく。

ほとんど覚えていないとはいえ、フローラは一時期貧民街で暮らしていたのだ。

そういえば、顔あわせからしばらく経つ。果たして、セオドアはフローラについての情報を集めただろうか。

いい、あのことを知っただろうか……？

ふと、フローラは息をつく。

――新大陸で生まれ育った人なら、どう考えるんだろう。

彼らは、この国の人間とは違うという。それならば、違う考え方や、見方をするのだろうか……――そう考えてしまって、フローラは首を横に振る。

希望を持つのは、よそう。

むしろ、彼がフローラの過去を知ったら、「結婚しない」と言うかもしれない。上流階級社会の中で、憐れみと同情と、おそらくどうしようもない蔑《さげす》みの目で見られる妻を持つことを、社交に利用したい彼が受け入れるだろうか。

それとも、コンコード伯爵の娘婿という肩書きがあれば、社交界でどう思われようと関係ないのだろうか。

フローラ自身の名誉が土にまみれていたとしても、伯爵令嬢であるという地位は揺らがない。

――……この国じゃなくて、大陸諸国の社交界でなら問題ないし……。この国の人間だって、表向きはなにも言わないものね。一部の人しか知らないことだし。

フローラは目を伏せる。

階段の最後の一段をおりると、セオドアは視線をようやくフローラに向けた。よく日焼けした精悍な顔は、植民地から帰ってきた軍人や官僚みたいだ。

彼が口の端を上げると、白い歯がこぼれた。

「逃げなかったのか」

低く、どこか苛立ったような声で、セオドアはそう呟いた。

「社交の季節《ザ・シーズン》もまもなく終わるというのに、どうしてロンドンに住居を構えようと思ったのですか？」

セオドアを寝室へと案内しながら、フローラは尋ねた。

セオドアは、ずっと黙りこくっている。なんとなく、ぴんと張り詰めたような空気が漂っていた。

フローラが彼に話しかけたのは、沈黙に耐えられなかったからというわけではない。単純に不思議だったからだ。

それに、この国の人ではないから、社交の季節というものがよくわかっていないのかとも思ったのだ。

秋冬の貴族は、よほどのことがないかぎり領地に帰ってしまうものだ。あるいは、あたたかい南部や、外国に避寒したりする人もいる。

ロンドンの秋冬は霧が濃くて、気が滅入る。賑やかな舞踏会が連日開かれることもなくなり、静かな街になるのだ。貴族たちはもっぱら、お互いの領地の城で舞踏会や狩猟の会などを行い、社交する。

こんな時期のロンドンで、セオドアはいったいなにをするつもりだろう。

――そういえば、この人は馬に乗れるのかしら。

あいかわらず不機嫌顔をした男を、フローラは横目でちらりと見た。

彼の生まれ育った国で、乗馬がどの程度必須の教養なのか、フローラにはよくわからない。でも、この国の上流階級にとっては、馬に乗れないだなんてことはありえなかった。

「社交の季節が終わることが、なにか問題か？」

セオドアは、冷ややかに問い返してきた。

「だって、みんな領地に帰ってしまいますよ」

「それは、おまえたち貴族の話だろう。……もちろん、おまえたちもいいカモだが、俺が商売したいのは、もっと広い範囲の人々だ」

「え……？」

フローラは、小さくまばたきをした。

貴族の娘にこだわって結婚をしたがっていたくらいだから、てっきり彼のお目当ては上流階級なのだと思っていたのに、違うのだろうか。

「ロンドンの街に住む人々は、いちいち引っ越さないだろう。会社だって、一年中営業している」

皮肉っぽく、セオドアは言う。

「誰も彼もが貴族《おまえたち》みたいに、秋冬に引きこもって暮らしているわけじゃないさ。さすが、貴族の箱入りお嬢さまは世間知らずだ」

「……あなたは、その『貴族《おまえたち》』の中に入るために、わたしと結婚するのではなくて？」

フローラは、首を傾げる。

自分が世間知らずなことは間違いないので、揶揄の言葉は気にならなかった。それよりも、今はセオドアが胸に抱く野望が、どんなものかが気にかかっていた。

「おまえらの一員になるんじゃなくて、利用するだけだ」

朗々《ろうろう》とした声で、セオドアは言い切る。

声のトーンは冷ややかで、そのくせ瞳は強く輝いて、声には張りがあった。はっとするほど、セオドアは生き生きしている。

「この欧州では、イギリス貴族の称号は、なにか新しいことをするときに役に立つじゃないか。事業の認可を得るにも、資金を集めるにも」

「……そう、なのですか……」

商売というもののことなんて、フローラに話されてもわからない。でも、だんだんと興味が湧いてきてきた。

セオドアという人を、こんなふうに輝かせる『仕事』というのは、いったいどんなものなのだろう。

「この屋敷に俺が住めば、『コンコード伯爵家の娘婿』という肩書きも、詐称と疑われることはないだろうしな」

セオドアはどことなく得意げで、意気揚々としている。彼がただ傲慢にこの家に押しかけてきたわけではないということに、フローラははっとさせられた。

彼はフローラの知らない世界を見ている。思いもよらないほど、広い世界を。

「新規商売を始めるためには、ちょうどいい」

「……商売」

聞き慣れない単語を、フローラは口の中で繰りかえす。

「この屋敷だって、ただ遊ばせておくよりも、俺が有効利用するほうが世のため人のためというものだ」

二階の手すりに手をおいて、セオドアは我が物顔でホールを見下ろした。

その広い背中を見ていると、不安になる。

この屋敷は、コンコード伯爵家のものであり、セオドアのものではない。

でも、彼の振る舞いはまるで、この邸の主そのものだ。

父は、このタウンハウスの使用権だけを、セオドアへ手渡すことに了承したのかもしれない。だが、うかうかしていると、彼にすべてを奪われてしまうのではないか。

伯爵家の資産というのは、当主個人のものではない。『家』のものだ。だから、この邸も含めてコンコード伯爵家の資産すべては、フローラの弟ジャン＝ジャックにそっくり引き継がれる。

――相続権があるのは、長男ただひとり。でも、この人はそういうことも、知らないのかも……。それとも、知っていて横取りしようとしているの？

そんなことは、できないはずだ。祖父の遺した遺言状もある。しかし、彼の堂々とした態度を見ていると、不安がわき上がってきてしまう。

だからつい、フローラは余計なことを口にしてしまった。

「勘違いしないで。わたしは結婚しても、レディ・フローラです。けれども、あなたはミスター・オーウェルのままよ」

フローラと結婚したところで、セオドアは決して伯爵家の一員になれるわけでも、継承権が手に入るわけでもない。そう、フローラは言いたかっただけだ。でも、これで伝わっただろうか。

「この邸だってコンコード伯爵家のものであって、あなたに貸しているだけ。あなたのものになったわけではなくてよ」

迷いながらも、フローラは主張した。

自分はもう覚悟を決めている。どうなってもいい。でも、弟に渡されるべきコンコード伯爵家を乗っ取られてたまるものか。その一念だった。

「ふん」

セオドアが目を眇める。

フローラは小さく息を呑んだ。

まるで、道を歩いていて、野生の獣に遭遇したような気分になる。これは危険だと本能が訴えかけてくるものと対峙《たいじ》しなくてはいけない、その恐怖。

彼は、じろじろとフローラを見つめる。頭のてっぺんからつま先まで。不躾な視線に、フローラは心ひそかにむっとした。

「なんだ。小さくなって顔色を窺ってくるだけかと思ったら、案外気丈なんだな」

気分を害したかと思ったが、セオドアの声には笑みが滲んでいた。今日はじめてと言っていいくらい、柔らかな雰囲気になる。

よくわからない男だ。

「別に伯爵の位なんて欲しくない。おまえたちから財産を奪うつもりはないから、安心しろ。むしろ、借金の肩代わりをしてやろうって言ってるんだ。……それと引き換えに、その名とコネを利用する。それ以外の意図はない。見くびるな」

一歩、セオドアはフローラに近づいた。浅黒く凛々しい顔がほんの間近にある。くちびるに息がかすめるかのような距離に。

一瞬、鼓動が乱れた。

フローラは深く息をつき、吐息にまぎれるように呟く。

「見くびる……?」

「他人の財産など欲しくない、ということだ」

にやりと笑ったセオドアは、踵《きびす》を返した。

「それで、俺の部屋はどこだ?」

「……こちらです」

フローラは、きゅっとくちびるを引き結ぶ。

なにも言えなかった。

一瞬とはいえ、その濃い色の瞳にすべてを奪われてしまった気がする。

――こんな人、知らない。見たこともない……。

頭がくらくらしてくる。

――この人がわたしの、夫?

実感がないその単語を舌先で転がすと、なぜか頬が熱くなるのを感じた。

＊　＊　＊

セオドアのために用意したのは、三室ある客間のうちのひとつだ。一番広い部屋を用意したものの、所詮は客間でしかない。暮らすには手狭《てぜま》だった。

「こちらです」

そう言って部屋の扉を開けたとき、正直に言えば文句のひとつも飛んでくると思っていた。

しかし、コンコード伯爵家の主人である父の部屋を、彼のために使わせることなどできるわけがない。セオドアの気分を害しようとも、この部屋で我慢するよう説得するつもりでいた。

ただ、もしもフローラとの結婚の持参金としてこの邸を所望されたら、家具や調度品といった類いの伯爵家のものは一切合切《いっさいがっさい》運び出す手はずも整っていた。

セオドアは興味なさげに寝室を一瞥しただけだ。ベッド、小さなテーブル、長椅子、そして書き物机にキャビネット。必要最低限のものしか用意されていないその部屋への感想は、特にないようだ。

「では、この部屋に俺の私物を運び込んでいいのか」

「はい」

フローラは、小さく頷く。

セオドアは、拍子抜けするほどあっさりした態度だ。不思議ではあるけれども、助かった。

「書斎は使えるか？」

「……ご自由に」

「わかった、十分だ」

セオドアは、小さく頷く。

「ずっとこの屋敷で暮らすつもりなら、手狭ではありませんか？」

セオドアが満足しているなら、放っておけばよかったかもしれない。でも、ついフローラは尋ねてしまった。

我ながら、ここまで好奇心が強い性格だとは思っていなかった。少し気恥ずかしい。セオドアという未知の存在が、フローラの思わぬ一面を引き出していた。

「手狭だと？」

セオドアは、小さく笑った。

「いや、十分だ」

「そう、ですか」

「本当に、世間知らずだな。おまえは」

なにか含みのある声で、セオドアは呟いた。

「……それよりも」

出し抜けに、セオドアがフローラの手首を摑んだ。

「きゃっ」

たとえお金のために嫁ぐことになった相手でも、冷静に、毅然と、媚びることなく、伯爵令嬢としての誇りを捨てずに振る舞おう。妻としての義務を果たそう。そう自分に言い聞かせ、できるだけ感情を抑えていたフローラだったが、いきなりの接触には思わず声が漏れてしまう。

セオドアは、そのままフローラを壁に押しつけた。

「な……っ」

彼との距離が、いきなり近くなる。

長身のセオドアが背を屈めるように、フローラへと顔を近づけてくる。鼻筋が、くちびるが、こすれあいそうな距離。アメリカ人が馴れ馴れしいとは聞いていたが、これは失礼すぎる。

「は、放してください！」

「……なぜ？」

セオドアは、ますます顔を近づけてくる。

くちびるを彼の呼吸がなぞった、かもしれない。それほどの近さに、反射的に目をつぶってしまう。

セオドアはそのまま、フローラの耳たぶへとくちびるを寄せた。

「おまえは、俺の妻になるんだろう？『リトル・ローズ』」

皮肉げに、セオドアは笑う。

「ならば夫婦のまねごとをしようじゃないか」

「……ま、まだ、婚約前の契約書を交してもいないのに、なにを……っ」

いきなり距離を詰められて、心臓が高鳴っていた。いったい、セオドアはなにをしようというのか。

突然の婚約発表で、本当は告知する前に取り交わしておくべき契約書にも、フローラはちゃんとサインをしていない。

そもそも、夫婦のまねごととは、いったいなんなのだというのだろう。来客に対して、フローラがこの屋敷の女主人として振る舞うということなのだろうか。

「ここで、俺と一緒に暮らすんだ。遅かれ早かれ、こうなっている」

ひときわ低く、艶を帯びた声で、セオドアは囁く。

「……おまえの覚悟を、見せてみろよ」

「かく、ご……？」

「俺のものになる、ということだ」

「や……っ」

身じろぎしたが、手首を掴む指先はふりほどけない。

身を竦めたフローラに、セオドアの影が落ちる。彼はとても大きくて、影はフローラをすっぽり覆った。

「逃げるなら、今のうちだぞ」

かすれた声に、フローラは身震いした。

そしてようやく、彼が訪れる前にメアリーが言っていた、言葉の意味を理解したのだ。

――……この人のもの、に……？

フローラは、本当に世間知らずだった。「妻になる」ということが、どういうことなのか、こんなことになるまで、ぴんと来ていなかったなんて。

「おまえは、俺にすべてを捧げられるのか？」

くちびるとくちびるが触れる寸前、そう囁いた声は静かで、掠れていた。乱暴な指先とは裏腹に、優しさすら感じた。

フローラは、身をぎゅっと縮める。

黙りこんだ。

息づかいや、心臓の音が、やけに大きく聞こえる。小さく震えかけた体を、フローラは必死に押しとどめようとする。

彼の言う「覚悟」なんて、していなかった。でも、フローラには、選択肢なんてない。

「……逃げるつもりがあるなら」

小さく、くちびるだけを上下させ、フローラは囁いた。

「最初から、この屋敷であなたを出迎えたりはしません」

声は震えているだろうか。

握りしめられた手首から、怯えは伝わってしまうだろうか。

それでも、フローラは意地を張ろうとする。

セオドアは、無言でフローラを見つめた。

暗い色の瞳から放たれる光は、フローラの胸を射貫《いぬ》くかのようだった。びりびりと、全身が痺れるような、強烈な錯覚に惑わされそうになる。

やがて彼は、肉厚のくちびるを薄く開いた。

「上等だ」

くちびるの端が、きゅっと上がる。その表情、眼差しの力強さに、思わず目を奪われた。

一瞬、強い感情が彼から放たれた気がした。

フローラの小さな顎を、大きな手のひらが摑む。顔を持ち上げられ、瞳の奥を探られたかと思ったら、フローラのくちびるはいきなり塞がれてしまった。

セオドアの、くちびるによって。

「……っ」

フローラは、大きく目を見開く。

互いを窺うように保たれていた距離が一気に詰められ、均衡が破られた。全身がぞわりとする。本能的な恐怖が、フローラの体を強張らせた。

こんな形でくちびるを奪われるなんて、思わなかった。はじめてのキスだなんて、信じたくない。

でも、逃げられない。

彼は、フローラの夫になる男だ。

いずれ彼とは、こういう関係を結ぶことになるのだと、理解していたつもりだ。覚悟もしていた。でも、それはどこか絵空事だったらしい。

生々しいくちびるの感触が、フローラを動揺させる。

――まだ、結婚したわけじゃないのに……っ。

逃れようともがくフローラを押さえつけたまま、セオドアは少しだけくちびるを動かした。

「やはり、俺を拒むか？」

くちびるが触れるか、触れないか。ぎりぎりの場所から、セオドアは問いかけてきた。

「俺はおまえに、覚悟を示せと言っているんだ。結婚前だからいやだと言っても、聞くつもりはない」

「……どういう意味ですか」

フローラの声は、上擦ってしまっていたかもしれない。動揺するなと言われても、無理だ。

「俺を夫にするつもりなら、受け入れろ。拒むなら、婚約は破棄にする」

「そんな……っ」

フローラは、小さく息を吞む。

まだ正式な婚約者でもないくせに、ふしだらな行為を求めてくるとは。あまりにも、紳士的じゃない。

それとも、フローラなんかには、こんな扱いがお似合いだと思っているのだろうか。

愛しているわけじゃない。最初に求めた相手でもないから、尊重する必要なんてないと、思われてしまっているのかもしれない。

……あるいは、フローラの過去を知っているのだろうか。

どうであれ、大事にしてもらうことなんて望めない。フローラは、痛いほどそれを感じていた。

泣きたかった。でも、泣けない。逃げたい気持ちを抑えるように、フローラは今この場にいる意味を、必死で思い出そうとしていた。

――コンコード伯爵家を守るため。そして、なによりフローレンスと、レキシントン子爵の幸福のため……！

まるで呪文みたいに、フローラは心の中で繰り返す。

今するべきことはなにか、そうすることで自分自身に教えようとする。

「俺は、お上品な紳士じゃないからな」

フローラの心を読んだかのように、セオドアはあざけり笑う。

「どうする、フローラ」

真っ直ぐな眼差しでフローラを見つめてくる男を、フローラもまた見つめ返した。

試されている。

フローラは、きゅっとくちびるを引き結ぶ。

奪われたくちびるは、まだ熱を持っているかのようだ。強引に奪われたキスの感触を刻みつけられ、小さく震えてしまっている。

「……婚約を破棄するつもりは、ありません」

何度か胸を上下させるように、フローラは息をついた。ようやく絞りだせた言葉は、かすかに震えている。

セオドアは、口の端をつり上げる。

「キスひとつで、怯えたくせに」

「きゃ……っ!」

ドレスの上着を乱暴にはだけさせられて、フローラは悲鳴を上げた。コルセットと、それに補正された体が露わになる。

慌てて胸を隠そうとしたのに、セオドアが手を放してくれない。手首をひとまとめにされ、壁に押しつけられたせいで、あらわになった胸元を隠すこともできなかった。

「ぶ、無礼者……っ」

いくら婚約者とはいえ、いきなりこんな扱いをされるいわれはない。思わず罵《ののし》ってしまったが、それ以上の反抗はできない。

「じゃあ、やめるか?」と、セオドアは視線で尋ねてきた。

彼は、フローラを弄んでいるのだろうか。

こんなのは全然本気じゃないと、いやだと言われたらやめる程度の「遊び」だと言われている気がした。

なんて惨めなんだろう。

フローラは、とうとう目を伏せてしまった。

本当に、心の底から情熱的に求められているわけでもない。ただ、弄ばれているだけ。姉の身代わりとして不相応だから、自分はこんな扱いも受け入れなくてはいけないのだろうか……。

つんと、目の奥が熱くなる。

胸に、小さく差し込むような痛みが走った。

「……っ」

胸元に、セオドアがくちびるを寄せてくる。

コルセットで締めつけられ寄せあげられたそこは、不自然なくらいに膨らんでいた。張り詰めてもいた。少し吸われるだけで、フローラは震えてしまう。感覚が鋭敏になりすぎていた。

やめて、とは言えない。

声を出せば、メイドが駆けつけてきてくれるかもしれない。呼んでほしいと言ってくれた、メアリーの言葉を思い出す。

でも、こんな姿を、誰に見せられるというのか。

それに、誰が来ても、セオドアを止められっこないのだ。彼に婚約破棄されるわけにはいかなかった。

伯爵令嬢でありながら、賭の対価として体を差し出すしかない。

まるで娼婦のようだ。

本当にセオドアが望んでいたのは姉で、フローラはニセモノだ。だから、こんな心のない、物みたいな扱いを受けるのだろうか。

セオドアに乱暴にひねりあげられ、壁に押しつけられた手首が痛い。クリノレットも、腰に食い込むような気がした。

彼の指先の力強さは、怒りの表れのようでもあった。

彼の欲した女性は、ここにはいない。たとえそれが、ステータスを得るための結婚だろうとも、騙された憤りが、彼の全身から溢れ出ているようだった。

その激しい感情にあてられるかのように、フローラの体も小刻みに震えてしまう。

「……怯えているくせに」

セオドアは、低い声で呟く。

「強情だな。なぜ逃げない？」

「や……っ」

とうとう、コルセットまで引きずり下ろさせた。

上半身が、完全に裸になる。

ぽろりとこぼれた胸は、コルセットから解放され、ふんわりと柔らかな、自然なかたちになる。日に当たることもないから、純白と言っていいくらい白い。フローラの肌はもともと、そばかすに悩まされたくらい色素が薄いのだ。

「小ぶりだな。……形はいいが」

胸に当てられた手のひらに、力がこもる。白い肌に、男の指が食い込んだ。

「み、見ないで、触らないで……っ」

思わず、フローラは悲鳴を上げる。

胸を包みこんでいた手のひらからは、あっさり力が抜けた。

「あ……」

小さく喘《あえ》いだフローラだが、逃げられたわけではない。

また、無言で問われている。

「やめるのか？」と。

ひどい男だ。

フローラが望んでいる行為ではないのだと、そう意思表示をすることすら、許してくれるつもりはないらしい。

従順に、彼を受け入れるしかないようだ。

フローラは意識して、体から力を抜こうとする。

あくまで目顔で問いかけてくる男に対して、フローラも態度で示そうとした。言葉でなんて、とても応えられそうになかった。

恥ずかしくてたまらない。でも、身じろぎするのはやめる。

「……ずいぶん、聞き分けがいいじゃないか」

呟いたセオドアは、胸元に顔を近づけてくる。いたたまれなさのあまり、フローラは思わず目を瞑った。

「俺に、すべてを差しだす覚悟ができたということか?」

「……くっ」

フローラは、思わずくちびるを引き結んだ。

つんと尖った胸の先端に、歯を当てられる。

痛いような、むずがゆいような感覚が、全身を貫いた。

——いや……っ。

声に出さないように、喉奥で悲鳴をこらえる。

痛みのあとに、柔らかなキスが与えられる。胸元に当てられたくちびるの感触は熱く、やたら生々しくも感じられた。

そんな場所を誰かに触られる日が来るなんて、想像したこともなかった。怖い。柔らかい肌に硬い歯が押し当てられることに、恐怖もあった。

きゅっと、体に力が入る。それに釣られるように、胸元も張り詰める気がした。

「……硬くなってきたな」

「あ……っ！」

フローラは、思わず上擦った声を漏らしてしまった。

セオドアは、あらためてフローラの胸の先端をくちびるに含んだ。そして、そこを軽く吸い上げた。

きゅうっと、その先端が尖り、窄《すぼ》まった気がした。その感覚は初めてのもので、フローラに軽い混乱をもたらした。

――な、なに……？

今のは、いったいなんだというのだろう。

自分の体のはずなのに、まるで心と切り離されてしまったみたいだ。そして、思いがけない顔を見せる。

思わず視線を投げてしまうと、小さく凝ったものが目に入る。

そのすぐ傍に、セオドアが顔を寄せていた。

フローラは、かあっと頬を赤らめる。

淡く色づいているだけのはずだった突起なのに、今はとても濃い色だ。そして、ビーンズみたいにくしゅんっと丸まってしまっていた。自分のそこが、そんな反応をするなんて、フローラは知らなかった。

「……あ……」

思わず、小さな声を漏らす。

すると、セオドアはそこを解放し、視線を上げてきた。

そして、フローラの視線を意識するみたいに、これみよがしにくちびるを寄せる。

「敏感だ」

セオドアは、小さく笑う。

「俺のことを、お気に召したらしい」

肉厚の舌が、フローラの胸の先端に伸ばされる。すでに形が変わってしまったそこを、まるで掬い舐めるみたいにいやらしく、セオドアは舌で弄んだ。ぺろりと軽く舐められただけで、フローラの体は淡く痺れた。

「……んっ」

くちびるが離れる。濡れた突起を指で軽く弾かれて、思わずフローラは息を呑んだ。つんと尖ったそこを弄ばれるたび、足から力が抜けそうだった。

「あ……、ふ……ぁ…」

きゅっと体の真ん中が締まるような感覚のあとに、ふわっとゆるむ。その緩みにあわせるように、熱が体の全身へ伝わっていくような気がした。

腰が軽くもじつくような感覚は、本能的にとても恥ずかしいものだということが、わかってしまった。

消え入りたい。いたたまれない。辛い。こんなこと、されたくない。

そんな気持ちとうらはらに湧き上がる熱の正体は、いったいなんだろう?

「……っ、はっ、あ……ん……」

大きな手のひらで胸を揉みしだかれながら、赤く色づいた突起を、また噛まれる。声にならない悲鳴を上げたフローラは、思わず床に膝をつきかける。甘美な痺れが全身を走り、立っていられなくなってしまった。

ふらついたフローラの体を、セオドアは軽々と抱えあげた。

「降参するなら、今のうちだぞ」

フローラの背を支え、膝の裏を抱えあげるように横抱きにしたセオドアは、また顔を近づけてくる。

くちびるに触れられる。そうわかっていても、フローラは顔を背けることもできなかった。

＊　＊　＊

はじめてコルセットで体を締め上げ、ドレスのスカートの丈が床に届いた日、フローラはとっても不満だった。

窮屈で、動きにくい。これが大人の女の人には必要なものだと言われても、すぐに脱ぎ去りたかった。

でも、今ならわかる。

コルセットも、長いスカートも、その下のペチコートやクリノリン、クリノレットだって体を美しく見せるだけではなく、力のない女の貞操を守るための鎧《よろい》だったのだ、と。

体を守ってくれるものはすべてはぎ取られ、フローラはベッドへと投げだされる。見慣れない天蓋《てんがい》さえ、恐怖でしかなかった。

ビロードに埋もれた体の上に、セオドアがのしかかってくる。

大きな体には、あちらこちらに傷がある。粗野なほどに荒々しい手つきで、彼はフローラの体をベッドに沈める。

怖かった。

フローラのくちびるを吸いながら、ざらざらした大きな手のひらがフローラの体を這う。

その手の大きさも、熱すらも怖かったけれども、振り払うことはできなかった。

フローラは、賭の代価だ。フローラ自身の意志は関係なく、この男に体を捧げなくてはいけない。

普通の結婚じゃないから、こんな扱いも我慢しなくては。

逃げだしたくなる自分にそう言い聞かせる。

男の人に抱かれるということについて、フローラはぼんやりとした知識しかなかった。性について知るのは、はしたない。そういう風潮だったので、いくら読書好きなフローラでも、その手の知識を得ることはなかった。

どこか甘い夢のように感じていたし、いざというときには相手の……——将来の結婚相手がすべて、優しく手ほどきしてくれるものと、信じていた。

でも、現実はどうだろう。

ロマンスの欠片もない初夜だ。思わず、涙ぐみたくなってしまう。

「……ふっ、あ……や……ぁん……」

胸を何度も揉みしだかれ、先端を嚙まれたり、舐められたり、ひねりあげるようにつねられているうちに、そこがちくちくするほど敏感になっていく。赤く色づいた胸に、音が立つほど強くキスをしたセオドアは、フローラの足を抱えあげた。

「やっ!」

いやだと言ってはいけないと、自分に言い聞かせようとしていた。でも、さすがにこれほどはしたない格好をさせられたら、悲鳴を上げずにはいられなかった。

大人になった女性は、足を露わにするべきではない。そこを見られるのはとても恥ずかしいことだと、フローラは教育されてきた。それなのに、見られるどころか、触られているのだ。

「いやなのか？」

問われると、ぎゅっとくちびるを引き結ぶしかなかった。

どうせ、セオドアは自分の思うがままに行動できるのだ。そんなふうに、尋ねてこないでほしかった。

「……おまえは、本当に聞き分けがいいな」

「……っ」

セオドアはフローラの右足を肩に担ぎあげるように上げると、剝き出しになった太股の内側にキスしてきた。

「いやあっ！」

思わずのけぞるように背をそらしたフローラは、頭が揺れた瞬間に、自分が涙を散らしてしまったことに気がついた。

――はずか、し……い……。

フローラは、思わず両手で顔を覆う。

羞恥に震えるフローラに、セオドアは容赦してくれなかった。

彼はそのまま、くちびるをフローラの足の付け根まで這わせていく。

――う、そ……っ。

人に見せられない秘めやかな部分のすぐ傍に、セオドアは顔を近づけてくる。柔らかな肉に隠された蜜口を指で開かれ、そこを見られてしまった。

「あ……っ、や、いや、見ないで……っ」

荒々しく胸元をはだけられ、足を剝き出しにされるどころか、その奥の秘めた部分まで無遠慮にまさぐられている。

その指先は、ただ怖かった。

いくら、偽りの花嫁とはいえ、こんな形で男の人と結ばれることになるなんて、考えてもみなかった。

触れられているそこが、男の人を迎え入れるための場所だということは知っている。でも、できることならもっと幸福なかたちで結ばれたかった。

「……怖いか?」

顔を上げ、セオドアは問いかけてきた。視線で、フローラの瞳を探ってくる。

細められた眼差しは冷たい。憎しみがちらついている気がした。

憎まれるのは当たりまえだ。フローラは、彼が欲した女性ではないのだから。

それでも、胸が切り裂かれるような心地になる。

でもフローラには、彼の妻になるしか選択肢がない。

フローラのおとがいをつまみ上げ、セオドアは視線を合わせてくる。

「逃げるのなら、今だ。まだ引き返せる」

「……い、いえ……っ」

フローラは、小さく首を横に振った。

彼は伯爵家の名を利用するために、結婚するのだと言っていた。でも、本当はフローレンスだからこそ望んだのではないか。

それでも後に引かないのは、打算か。それとも、意地なのだろうか。

でも、フローラだって後には引けない。

伯爵家のために。

大好きな姉と、初恋の人との幸福を守るために。

「どうぞ、わたしのことは、あなたのお気のすむようにしてください。……そう、申しあげました気持ちに、変わりはないです」

フローラは、じっとセオドアを見つめかえした。

「……震えているくせに、俺をそんなに真っ直ぐに、ひたむきに見つめるのか」

ふっとセオドアは息をつく。

「強情な娘だな」

「あなたの妻になると、誓いを立てました。そのお約束を違《たが》えたりはしません」

それ以上、フローラに言えることはない。頑なに、誓いの言葉を繰りかえす。

「偽りの花嫁のくせに、真っ直ぐな目をしている」

「……っ」

そう、偽りの花嫁だ。

あらためて、自分の立場を噛みしめる。

愛されてもいない、花嫁。それでも、フローラはセオドアにすべてを捧げるしかなかった。

「悪くないな」

小さく笑ったセオドアは、フローラの鎖骨に噛み付いた。

痛みに身を竦めると、今度は舌で肌を舐められた。

たっぷりと唾液がのせられていた肉厚のそれは、くちゅ、ぴちゃと淫らな水音を立てた。

「……んっ、あ……！」

恐れていた場所に、ふたたび指先が触れてくる。思わず、フローラは背を弓なりにしならせた。

「……んっ、ひゃう……んっ」

セオドアはフローラの足の狭間へと、そのしなやかな指先を差し入れてくる。大きな手のひらが敏感な部分を滑るだけで、フローラは大きく震えてしまった。

太股を這い、足の間を割った指先が、感じやすい小さな芽に触れると、びくっと腰がはねる。自分のはしたない反応に、フローラはつい涙ぐんでしまった。

ちょっと触られただけなのに、なぜこんなにも派手に反応をしてしまうのだろう。自分の体だというのに、ままならない。

大きな親指でさすられただけなのに、はにかむように埋もれたその尖りは、ふるふると震えていた。

「やっ、なに……？」

触れられたその場所から、強烈な感覚が生じた。全身を貫くような快楽に、フローラは声を上げる。

今のは、いったいなんだろう。むずがゆいような、じれったい熱が、フローラの体を熱くする。

「……まだ、埋もれているくせに……。もうこんなに敏感なのか」

「……あ、や……ぁ……んっ」

そこを弄られれば弄られるほど、まるで体の中からなにかが溢れだすような感覚があった。フローラから溢れたそれは、小さな尖りにも伝い、濡らしていく。

そして、セオドアの指も。

恥ずかしくて、どうにかなりそうだ。消え入りたい。セオドアに反応している自分の体が、憎くさえ感じた。

そこは、敏感で熱をたやすく生む場所らしい。指先で弄られているうちに、ぽってりと腫れ上がったかのように膨らんでいく。さらに、下の割れ目に指を這わされ、軽くくすぐられただけで、そこが開いていくのがわかった。

「……あ、だめ、です……、そんなところ……っ」

「駄目、じゃないだろう？　これから用がある場所なんだから」

露骨なセオドアの言葉に、フローラは頬を紅潮させる。

フローラの国の少女たちは、「なるべく何も知らないように」育てられる。でも、そこを弄られる意味が、セオドアの言葉が理解できないほど、フローラも物知らずではなかった。

「……あっ、ん……」

「怖がることはない。たっぷり濡れるまで弄ってやるから」

腰が跳ねる。

まるで、逃げ惑うように。

でも、セオドアは許してくれない。フローラの体を押さえつけ、なおも指でそこを虐《いじ》めてくる。

「……あ、ひゃうっ」

次から次へと蜜が溢れ出てくる。どうして濡れているのか、わからない。まるで、粗相《そそう》をしてしまったような気がして、自分が情けなくて、フローラは瞳を潤ませる。

「もう、自分から開きだしたのか」

「……っ！」

セオドアの指先が、突起から下へと滑った。柔らかい肉に隠された割れ目へと、それが潜りこんでくる。

内側に触れられ、開かれる感触に、フローラは声にならない悲鳴を上げた。

「……ひゃぁ、ん……っ」

そんな場所を他人に触られて、怖くてたまらない。そのはずなのに、濡れた肉襞《にくひだ》を軽く指の腹で擦られると、言葉にできないような強い快楽が生まれてしまう。

はしたなくも、もっと触ってほしいような気持ちにすら、なってきた。そんな自分の欲望が、なによりフローラは怖い。

「……ああ、どっと溢れてきたな」

フローラの中がいっそう潤い始める。それを思い知らせるように、セオドアの指はさらに激しく動いた。内側を擦りあげられ、フローラは乱れた。

ぬちゃりと、いやらしい水音があたりに響く。

自分の下肢から漏れた淫らな響きに、フローラは全身を赤く染めた。

「ち、違……っ、いやです、言わないで……！」

髪を振り乱すように、フローラは悲鳴を上げる。

セオドアに弄ばれているこの場所は、どうしてこんなふうにぬるぬると、濡れてしまうんだろう。

擦るだけだったセオドアの指は、いまや中へと潜りはじめていた。くちゅっ、ぷちゅっと、内側から漏れる粘着質な音はどんどん大きくなっていって、フローラを羞恥で責め苛《さいな》んだ。自分の中から溢れているものがその音をさせていることが、恥ずかしくて恥ずかしくてたまらなかった。

でも、どれだけ身を硬くして反応しないようにしようとも、セオドアの前では無力だった。彼の指はまるで魔法のように、フローラの体を融《と》かしていく。

「……ん、あっ、もう……やめ、や……っ」

ぬぷりと音を立てて、また一本、セオドアの指がフローラの中に入ってきた。フローラの中は、随分と敏感みたいだ。彼に弄られれば弄られるほど、そこは濡れ、ふっくらしていく。

「……あっ、や、ん……っ」

中から外へ、絞りだすような内部の動きは、ともに快楽をも湧き上がらせる。爪先でくすぐられるようになぞられると、背がしなり、腰が跳ねてしまう。声が出ないくらい、強烈な感覚だった。

「……すごいな。おまえ、素質あるぞ」

　セオドアは、小さく笑う。

「そし、つ……」

　芯まで熱を帯びている。そのせいか、頭がぼんやりしていた。回らない舌で、フローラは問い返す。

「これを好きになれるってことさ」

　覆い被さってきたセオドアは、いきなりフローラの中から指を抜いた。広がった割れ目が寂しげに震えたが、すぐにそこは大きく広げられてしまう。

「……っ、あ、な、なに……っ、や……っ」

　セオドアはフローラの腰を抱えこみ、中を穿つように体を重ねてくる。指なんて比べものにならないほど大きなものに、フローラの柔らかな内壁が擦りあげられた。

「……えっ、あ、や……ん……っ」

　奥へ、深い場所へ、なにかが入ってくる。

　柔らかな肉襞は、力任せに開かれ、そして擦りあげられる。それなのに、痛みよりも強烈な熱が、せり上がってくる気がした。

「あ……？」

　フローラは、大きく目を見開いた。

　どくんどくんと、自分の深い場所でなにかが脈打っている。

「……ひっ、や……っ」

「入ったのが、わかるか？」

掠れた声で、セオドアは問いかけてくる。

「おまえの中に……、俺が」

「……っ、や、いやあっ！」

「奥まで呑みこむことも、教えてやるよ」

軽くセオドアに腰を揺すぶられ、思わずフローラは悲鳴を上げた。

自分の中に、セオドアの一部がある。ようやく、それを理解した。

猛々《たけだけ》しく、硬く、脈打っているセオドアの熱の塊。それが今、フローラを貫きつつあった。

「……や、いや、奥いやあ……っ」

体内を割り開かれる感覚が、怖い。フローラはひっきりなしに声を上げる。

でもセオドアは、さらに深くまで入りこもうとしてきた。

「……ああ、上手いな。呑みこみ方が」

セオドアは、喉を鳴らした。

「熱くなって、とろけて……、俺が欲しいと言っている」

「や、待って……っ、やめ、あ……っ」

セオドアが体を少し動かすだけで、フローラは体内を突き上げられるような感覚を味わった。

中に、セオドアがいる。

彼の体と、つながっている。

――わたし、は……。

もう、純潔を失った。

そう自覚したとたん、フローラは思わず目を閉じた。

ずんと強くセオドアの欲望を打ちこまれたと思うと、意識が白くなりそうになる。

「……っ、は、ん……っ」

淫らな音が、ひっきりなしに響きはじめる。セオドアが、フローラを征服しきった証だった。

まなじりが、熱くなる。それを、さらに熱い舌に舐めとられると、ますます涙が溢れてきた。

もう、フローラは、この男から逃げられない。

「……あっ、ん……ぁ……あっ、ああっ！」

体の中で、セオドアが暴れている。彼の欲しいままに暴かれ、揺すぶられながら、フローラはただ声を上げるしかなかった。

ACT 5

体の芯を熱いもので穿たれ、とろかされ、かき乱される。はしたない快楽の夢に、フローラは堕ちてしまった。

浅い眠りの間に見る夢さえ、熱を帯びている気がする。

「う……んっ」

フローラは、小さく寝返りをうった。しどけなく体を預けたが、胸の下敷きになったものが、いつもの枕の柔らかな感触ではない。

「え……？」

硬い感触に、違和感があった。はっとして、フローラは目を開いた。

視界いっぱいに、たくましい裸の胸が映る。平らで、筋肉がよく引き締まった、たくましい男の胸だ。

「きゃっ」

小さく悲鳴を上げたフローラは、思わず飛び上がりかける。まるで本能みたいに、このままではいけないと思った。心臓が、大きく音を立てている。

けれども、素早く身を翻す、というわけにはいかなかった。

下肢に、鈍い痛みが走る。

じんと、内側から痺れるような。

――やだっ、な……に……？

フローラは、小さく身震いした。

今まで味わったことがない違和感に、フローラは途方に暮れてしまう。

体が、上手く動いてくれない。腰から下は、まるでフローラのものではないかのようだ。

力がろくに入らない。

――わたし、どうして……。

呆然としていたフローラの脳裏に、少しずつ蘇るものがあった。荒い呼吸、激しい鼓動
……――それは昨夜の出来事。

フローラは、こくりと息を呑む。

たくましい体に組み敷かれ、誰にも触れられたことのない場所まで明け渡させられた。

たかぶりきったもので貫かれる痛みと、それ以上の強烈な快楽が、フローラを翻弄したのだ。

かあっと、全身が紅潮する。

男に抱かれるということの意味を、昨夜フローラは教えこまれたのだ。

体の奥深にある粘膜で熱く滾りきったものを受け止めて、睦みうあようにつながりあう。

猛りきったセオドアの欲望の雫で、フローラの体内は濡らされてしまった。

鈍痛に似た熱の余韻に、フローラは眉を顰める。

セオドアの欲望を呑みこまされたとき、中でかすかに引っかかるような違和感があったことを思い出す。

鋭い、裂けるような痛み。

それは、純潔を失った証だった。

——ああ……。

フローラは、思わず息をつく。

——わたし、『そう』だったの……。

ふっと、くちびるが笑みのかたちに歪みかける。

喜びではない。でも、苦痛でもなかった。ただ、長年抱えこんでいたわだかまりが、あっという間に融けていったことに、フローラは強く感情を揺すぶられていた。

……セオドアに奪われてしまうまで、自分は純潔だったらしい。

セオドアのものになることで、身を以てフローラはそれを示したことになる。その事実は、フローラに皮肉な解放感をもたらした。

――わたしは、身を汚されていなかったのね。

フローラには、記憶の空白がある。それが戻ってきたわけではないのだが、たったひとつだけ、事情を知る上流階級の人々どころか、フローラ自身も疑っていたことの潔白を示すことができたのだ。

でも、結局、セオドアの手で堕とされてしまったのだけど。

彼の妻となることと引き換えに、長年の疑問が晴れた。決して、結婚を望んだわけでもない、彼自身も本当は望んでいない結婚相手の手によって。

――愛してもくれていない相手に奪われたことに、変わりはないのね……。

フローラのくちびるには、白々とした笑みが浮かんでしまった。

背負っていた十字架から解き放たれたものの、次は疑うべくもない烙印を刻まれた。実家を破産から救うために、自分を愛してもいない男と結婚をすることになったのだ。

そして、教会での祝福を受ける前だというのに、フローラははしたなくも男と結ばれてしまった。

純潔を失った花嫁だなんて、ふしだら以外のなにものでもない。貞淑の象徴である、オレンジの花冠を身につける資格を、フローラは失ったのだ。

いたたまれなさが湧き上がってくる。

結婚前どころか、正式に婚約したわけでもない。そうするしかなかったとはいえ、なんてふしだらなことをしてしまったのだろうか。

罪悪感のあまり、今この場から逃げ出したくなる。

フローラはそっとセオドアから視線をそらし、背を向けて、言うことをきかない体を少しずつ動かそうとする。

「起きたのか」

背中越しに声をかけられた瞬間、フローラは文字どおり心臓が止まるかと思った。

「えっ、あ……っ」

ひくんと細い喉が震える。言葉はそこにつかえてしまい、まともに出てきてくれなかった。

「お目覚め早々、どこに行くつもりだ？」

うなじに、熱い感触。そこにくちびるを落とされ、強く吸い上げられたことに気付いて、フローラは思わず上擦った声を漏らした。

「……やっ」

昨夜の熱の記憶で、肌がざわめいてしまう。

「……み、ミスター・オーウェル。やめてください……っ」

なるべく平静を装っていたかった。でも、声は震えてしまったかもしれない。体に残された熱の記憶が、呼び覚まされてしまいそうになる。

「随分と、他人行儀じゃないか」

「あ……んっ」

いきなり背中から抱きすくめられ、思わずフローラは言葉を失った。

たくましい腕が胸元に回され、胸を包みこむように手のひらに収められる。ゆるく指先を動かされただけで、小さな尖りがぴくんと震えた。

「は、放してください、無礼者！」

はしたない体の反応が、フローラを我に返した。思わず声を張りあげ、男の手のひらから逃れようとする。

思わず叫んだ言葉は、仮にも婚約する相手に対して失礼だっただろうか？

セオドアは気を悪くしたかもしれない。でも、こんな無遠慮にフローラに触れてくる人への言葉なんて、他に思いつかない。

「ようやくまともに口をきいたと思ったら、それか」

セオドアが小さく笑う。特に気にしてはいないようだ。

フローラの胸を揉みこむように、彼は指を動かしはじめた。柔らかいその場所は、セオドアの思うままに形を変えられていく。

「ひゃっ」

「初夜の明くる朝だぞ？　もう少し色っぽく一日を始められないのか」

「……は、放してって……、言ってるでしょう……！」

「そう言うが、おまえのここは随分気持ちよさそうじゃないか」

「ひゃあっ」

胸の突起を、親指とひとさし指で、掬いあげるように摘まれた。そこはもう芯が通ったかのように硬くなりかけていたせいか、軽くひねりあげられると、全身を快感が貫いた。

露骨な言葉づかいに、頬が熱くなっていく。初夜という単語の生々しさに、泣きたいような心地になった。

覚悟をしていた。

自分で、この男の妻になる運命を受け入れると決めた。

だからといって、なにも感じないわけではなかった。自分で決めたことだけれども、できればこんなことはしたくなかったというのが本音なのだから。

――でも、もうわたしの運命は決まったのよ。

理性で必死に受け止めようとしても、感情はついてきてくれない。動揺は収まらず、フローラを身のうちから震えさせた。

「いまさら恥ずかしがっているのか？」

セオドアがフローラの耳たぶを噛む。柔らかいそこに、ぽっと熱が灯るような鋭い痛みが走った。

「昨夜、俺にすべてを捧げたというのに」

「言わない、で……っ」

「忘れたというのなら、思い出させてやろう」

「あ……っ、やぁん！」

セオドアの指に、力がこもった。

ふたつの胸が、彼の大きな手のひらでこねくり回される。いささか乱暴な手つきだったが、柔らかく力を入れられた指に揉まれると、フローラ自身も予想外なほどの甲高い声が溢れてしまった。

「……だ、駄目、いや……っ、あん！」

フローラは身じろぎし、どうにかしてセオドアの腕から逃れようとする。もがくけれども、男の力では抗えない。

——朝から、こんな……はしたないことをするなんて……っ。

つんと尖ってしまった胸元を意識させるように、くりくりとセオドアはしきりに指で悪戯してくる。反応してしまう自分の淫らさに、フローラは泣きたくなった。

——そう、朝……。

はっとした。

いつまでも、男の腕の中にいるわけにはいかないのだ。

フローラは背を丸めるように胸を庇おうとしながら、掠れた声を絞りだした。

「……メアリーが、侍女が起こしにきてしまいます。探しているかも……っ」

胸もあらわなこんな姿でセオドアに抱きしめられ、彼の寝室で眠っているところなんて、いくら侍女相手だって絶対に見せられるはずがなかった。

一秒でも早く、ナイトウェアで体を隠したい。なによりもこの寝台を逃れ、自分の部屋に戻らなくては。メアリーに気付かれる前に。

フローラは真剣で必死なのに、セオドアは小さく笑い声を立てる。どことなく皮肉っぽく、そのくせ熱を帯びていて官能の香りがした。

「お貴族さまは、朝寝すらタブーということか」

セオドアはそっとフローラの耳たぶに口づけ、囁く。低くかすれているのにどこか甘く響く男の声に、尾てい骨のあたりまでぞくっとした。

「まったく、窮屈《きゅうくつ》なことだ」

「……っ」

セオドアはフローラの背から覆い被さりながら、フローラの胸を両手で覆いつづけている。その柔らかな感触を、たっぷりと愉しんでいるかのように。

彼は、フローラを放してくれるつもりはないようだ。

「……あんっ、や……」

胸を揉まれ、色づいた尖りを指先で転がされているうちに、フローラの呼吸も荒くなっていってしまう。

じわりと、体の奥から熱がにじみ、雫みたいにこぼれそうになったことに気がついて、フローラはさっと頬を赤らめる。

きゅっと、下肢に力を入れる。でも、すでにセオドアという男を知ってしまったその場所は、疼くような痛みと熱を持ち、奥から潤みを帯びはじめていた。

――やめて……!

声にならない声で、フローラは叫ぶ。

せめてもの抵抗に伸ばした指先で、天幕を閉じようとする。二、三度空を掻いたが、なんとかベッドの中を隠すことができたタイミングで、軽い足音が聞こえてきた。

ベッドの傍らで、ぴたりと止まった足音はふたつ。声をかけるかどうか、迷いの気配を感じる。

メアリーと、セオドアの従者として雇われたトマスだろう。

天幕はきちんとは閉じられておらず、薄明かりが間から差し込んできていた。そこから、メアリーに天幕の中の秘密を見られてしまいそうで、フローラは気が気ではない。

そっと息を潜《ひそ》める。

しかしセオドアはおかまいなしに、フローラの胸を弄《もてあそ》びつづけていた。

「……っ」

天幕のすぐ外にメイドがいる。こんな状態で体を弄られるなんて、恥ずかしくてたまらない。

――やめてって、言っているのに……！

セオドアのものにされてしまったことを、侍女に隠せるはずもない。それは仕方ないと思っているけれども、こんなふうに体を弄ばれていることを直接知られてしまうなんて、絶対にいやだ。

フローラがどれだけ身を守るように背を丸め、身を硬くしても、セオドアはおかまいなしに胸を強く揉んでくる。指の間で小さな突起を擦られると、すでに硬くなっていたその場所がじんじんと疼いてきて、フローラは息を呑んだ。

濡れる。

体の内側から外側に、上も下もじわりと滲み出てくるものがある。

追い詰められていく。

「セオドアさま、そろそろ朝のお支度を」

小さく咳払いしたトマスが、声をかけてくる。

「構うな。フローラとゆっくり朝寝させてくれ」

セオドアはよりにもよって、一番言ってほしくないことを口にした。

フローラは、そっと目元を拭う。

――ひどい……。

これ以上、醜態《しゅうたい》をさらしたくないのに。

「……フローラさま。私に、お力になれることはありますか?」

静かな声で尋ねてきたのは、メアリーだ。なにかあったら呼んでほしいと言っていた、彼女の言葉をフローラは思いだす。でも、もうなにもかも手遅れだ。

こうなってしまったら、せめて毅然と振る舞いたかった。フローラが何事もなかったような態度をとれば、使用人たちは見て見ぬふりをしてくれるはずだ。

こくんと喉を鳴らしたフローラは、観念するかのように天幕の外へと声をかけた。

「どうか、部屋を出るまで、わたしたちをそっとしておいて」

声を張って、いつものようにメアリーに伝えたつもりだ。でも、意地の悪い指先は、フローラの虚勢を許してはくれなかった。

「あぁっ!」

思わず声を上げてしまい、フローラは全身を朱に染める。

胸だけなら耐えられたというのに、セオドアの指先が下肢の狭間の小さな尖りに伸ばされたのだ。

フローラは、ぴくんと体を震えさせた。

——いやよ、こんなの……っ。

こんな恥ずかしい思いをわざとさせるなんて、ひどい。

それでも必死でくちびるを引き結び、フローラは声を抑えようとした。無駄なあがきだとセオドアには思われているかもしれないけれど、フローラにだって意地があった。

「……かしこまりました、お嬢さま」

メアリーもトマスも物わかりよく、すぐにベッドから離れていってくれたようだ。次に顔を合わせることを考えると羞恥で消え入りそうだが、フローラは気丈さを保たなくてはいけなかった。

寝台でなにが行われているか、彼らは気付いたに違いない。もしかしたら、両親にも報告をするかもしれない。

——もう、いい。これで……。

使用人たちの足音が消えた瞬間、涙が出そうになった。

たとえ辱《はずかし》められていたとしても、使用人の前では主人らしく振る舞いたい。いや、振る舞わなくては。

泣き言なんて、言っていられない。

両親は既に遠い領地で、姉は愛する人のもとにいる。この家にいる主の一族は、フローラひとりだ。

誰にも頼れない。自分ひとりで、傍若無人な侵略者に対抗しなくてはいけない。この乱暴な男に困惑しているだろう使用人たちの、動揺も抑えなくては。

身ひとつしかないフローラは無力だ。

でも、せめて心だけは強く、投げやりにはならずにいたかった。

踏みにじられた誇りでも、捨てたりはしない。

かたくなに顔を背け、体を強張らせているフローラの背へ、セオドアはくちびるを滑らせる。

「……もうこれで、おまえは俺のものだ。誰もがそう認めるだろう」

純潔を奪った男は、小さく嗤った。

「逃げられない」

「……そんなの、わかっているわ……っ」

セオドアとの結婚が成立しなければ困るのは、コンコード伯爵家のほうだ。

だからこそ、フローラは屈辱的な取引を受け入れた。

「……物わかりがよくて、結構なことだ」

皮肉げに息をついた男の指先が、フローラの下肢を強く刺激する。柔らかい肉に匿《かくま》われるように震えていた突起に、セオドアは爪を立てたのだ。

「ひゃあ……んっ」

じんと、そこが痺れる。直情的な熱が、溢れだしてしまう。

そんなところ、セオドアに弄ばれるまでは意識もしていなかった。けれども今、そこは、フローラにとっては無視できない場所に成り果ててしまったのだ。

フローラの淫らさを引き出す、快感の詰まった場所。

「……いや、いじらない……でぇ……っ」

「たった一晩なのに、すっかりここで味わう悦びを覚えたようだな」

はにかみながら顔を覗かせた小さな芽を指の腹で撫でまわしながら、セオドアは嘯《うそぶ》く。

「濡れてきた」

「……やっ、ちが……違います、違う……！」

寝台に顔を埋めながら、フローラはしきりにかぶりを振る。

セオドアは容赦なく、尖りから割れ目の部分へと指を滑らせていた。彼がそこをまさぐるたびに、しとどに中から溢れ出すものがあることがわかる。

それはまるで糸を引くように寝台へと滴《したた》りおちていき、その感触にまでぞくぞくしてしまった。

「俺にまで隠す必要はない」

セオドアの声は、笑みを含んでいる。

「おまえはもう、俺のものだと言っているじゃないか。……そうだろう？」

「……っ」

素直に頷きたくなんかなくて、くちびるを引き結び、顔を背ける。だが、そんなフローラへ、淫らな罰が与えられる。

「や……っあ、ん……っ」

入り口を辿るだけだったセオドアの指が、まるで花弁を開くように、その柔らかな肉をかき分けてきた。内側の襞を指で擦られて、フローラの腰は大きく跳ねる。

「開いているぞ。俺を欲しがっている」

「……だ、だめ……っ」

ぬちゃりと、濡れた音がやけに大きく響いたように感じられて、フローラは小さく首を横に振った。

そこにはまだ、昨晩のむずがゆいような熱の記憶が残っている。痛みもあったはずなのに、今はひたすら疼くような悦びだけが生まれていた。

決してセオドアを受け入れたいわけではない。

心ではいまだ拒んでいる。

けれども、体が言うことを聞いてくれなかった。

「……ひっ、ん……！」

ぬるぬると潤った内側を、セオドアが辿る。繊細な襞を押し伸ばすようにまさぐる指先の動きに、思わずフローラは甲高い声を上げた。

「や……っ、いや、やめて。もう、いやぁ……！」

「おまえのここは、そう言っていないけどな。今、俺の指を何本受け入れているか、わかっているのか？」

「きゃあ……っ」

体内で、セオドアの指が広げられてしまった。すっと外気が入りこむような感触に、背筋が震える。

「……ああ、こぼれてきた」

セオドアが独りごちた言葉の意味なんて、わかりたくもない。奥から溢れだすものを感じながら、なすすべもなく、フローラはきゅっとくちびるを噛みしめる。それは、セオドアがフローラを征服しきった証だった。

「もう一度、注ぎ直してやろうじゃないか」

笑みを含んだ声で、セオドアは恐ろしいことを言う。

「いや、よ……っ、しないで……！」

フローラは懸命にもがいた。

でも、押さえこまれた体は、無慈悲な男からは逃げられない。

「……っ、ひゃあ……っ」

背を押さえつけられたような体勢のまま、フローラの小さな臀部《でんぶ》の狭間に熱いものが押しつけられる。それは何度かそこに擦りつけられると、ひどく熱くなり、張りと硬さが増していった。

「……や、それ……。いやあ……」

「そんなに邪険にするな。おまえを、好《よ》くしてやるものなんだから。……おまえも、もうわかっているだろう？」

これが、どれだけイイものか……——そんな、まるでフローラが淫らな娘みたいなこと、言わないでほしかった。

——あなたのせいなのに。

快楽なんてものを知らなかったこの体から、甘く狂おしい熱を引きずりだしたのはセオドアだ。

ただ乱暴に征服するだけではなくて、フローラの体をとろりと融かした。

こんなひどい人、他に知らない。

「うそ、よ……っ、そんなの嘘……！」

涙がぽろぽろこぼれだした。

意地を張っていたかった。でも、悩ましい熱がフローラを苛んでいる。どれだけ強がったところで、今、彼のものが押し当てられている繊細な襞がみだらにひくついていることは、否定できなかった。

「嘘が上手いのは、その口だろ」

セオドアは、呆れたように言う。

「ここは素直だ。俺がほしいと、吸いついてくる」

「……ああっ」

腰を高く上げられ、セオドアに捧げるような恥ずかしいポーズにされてしまう。そしてそのまま、フローラは彼の欲望を受け入れさせられた。

しとどに濡れたその場所は、セオドアに従順だった。彼の猛った欲望は、フローラの内部をじわじわと征服しはじめる。

「……あ、や……あ……」

反り返った猛々しいものが、フローラの繊細な粘膜を抉っていく。いっそ痛いだけならよかったのに、擦られる粘膜からはまぎれもない熱が生じ、そのことがよけいにフローラを混乱させた。

感じてしまっている。

強引に与えられた男の欲望で、どうしようもなく乱れていく。

「や……っ、いや、なのに……ぃ……っ」

セオドアの顔も見えない状態で、ただ彼の欲望のための供物《くもつ》にされている。それなのに体は熱くなって、尖った場所はどこも気持ちがよくて、たまらなかった。

「……ひ、やぁん……っ」

胸は快感に張り詰めて、寝台で小さな突起が転がされるたびに、フローラは快感を得てしまう。

おまけに、セオドアはフローラを貫きながら、悦びの詰まった芽も指先で悪戯を始めた。

「ひゃあっ、だめ、いやよ、そんなところまで……っ。や……あ……」

ぬるぬるとはしたないもので濡れた肉色の芽は、敏感になりきっていた。ぽてっと充血してしまい、セオドアの指先の間でこねくり回されるだけで、フローラは何度も嬌声を上げてしまう。

「……あっ、ああんっ、あ……あー……」

快感で、頭の芯まで真っ白になっていく。

意地も理性もなにもかもが、融けてしまっていく気がした。

寝台に胸を擦りつけるような体勢で、体の中で一番敏感な場所を弄びながら、フローラはセオドアの欲望に仕える。

繊細な肉襞がセオドアにしゃぶりつくように絡みつき、悦ばせていた。

　そうすることで、フローラ自身も歓喜に満ちていく。

　恥ずかしくてたまらない。それなのに、気持ちがいい。好すぎる。体中が快楽だけでいっぱいになり、もう他のことなど考えられない。

「……っ、あ……あんっ、あ……、や……ぁ……！」

　動物みたいにはしたない格好のまま、フローラはとうとうセオドアを一番奥まで迎えいれてしまった。

　自分の中に、まるで行き止まりみたいな場所があることを、フローラは知らなかった。そんな場所と、セオドアのものの先端が、キスしている。

　痛みはない。でも、違和感と不安がせり上がってきて、フローラは悲鳴を上げてしまった。

「や……、や……っ、怖い、やだ、ふか、い……っ」

「……ああ、すごいな。中が、下りてきてる」

　セオドアがほくそ笑む。

「おまえ、そんなに俺が欲しいのか。俺の……、が」

「……なに、言って……」

「いい子にしてろ」

　セオドアの声が、獣欲を帯びる。

「あんまり、俺を興奮させるな。我慢ができなくなるだろ」

「や……っ」

セオドアの両手に腰を力強く引きつけられ、フローラは掠れた声を漏らす。なんだか怖い。今までよりも、ずっと。

「あ、やめ……っ、あっ、い……やぁ……！」

フローラの体を固定したままの姿勢で、セオドアは最奥に押し当てたまま欲望を放つ。

それがひどく衝撃的で、フローラはそのまま気を失った。

＊　＊　＊

フローラが意識を失ってからも、セオドアは肌に口づけの痕を刻みこみつづけていたようだ。肌に落ちるキスの感触で目を覚ましたフローラのことを、セオドアはまたしても貪った。

ようやく解放されたころには、もはや時間すらわからなくなっていた。

気がつけば、セオドアの気配がない。

やっと終わったのだ。

乱れたシーツを引き寄せ体を隠し、フローラは瞳を潤ませる。

記憶が途切れるほど、この体は弄ばれてしまった。何度、セオドアを受け入れたかもわからない。

——わたし、どうしたら……。

汚れた体は、たとえ信頼するメアリーにも見せたくはなかった。でも、いつまでもこんな体のままではいられない……——侍女を呼ぶ勇気もなく、逡巡《しゅんじゅん》していたフローラのもとへ、湯がなみなみと注がれた盥《たらい》を持ってきたのは、セオドアだった。

驚いた。

フローラのことなんて、放り出したのかと思っていたのに。

「……なにを、してるの？」

フローラは、目を丸くする。なぜセオドアが盥なんて持っているのか、理解できなかった。

「なにをって、湯を使いたいんじゃないのか」

セオドアは、さも当たり前のようなことのように言う。

「それは、もちろんそうだけれど……」

そう言いながらも、フローラは戸惑っていた。

生粋《きっすい》の伯爵令嬢として育てられたフローラにとって、湯を汲んでくるのは使用人の仕事だ。そういうふうに躾けられていた。

それなのにセオドアは、お湯どころか腰浴用の浴槽まで用意している。お湯だって、地下の浴室から運んでこなくてはいけなかっただろうに。

セオドアは、階下まで下りたのだろうか。

使用人たちは、さぞびっくりしただろう。いかに成り上がりとはいえ、セオドアは主人であるフローラの夫になる男なのだと、彼らも知っているのだから。

しかしセオドアは、なんでもないような顔をしている。

「湯が冷める前に、体を綺麗にしたらどうだ」

「……ええ」

シーツで体を隠しながらも、フローラは身を起こす。

今すぐ、あたたかい湯につかりたい。弄ばれた体を清めたいという欲求に、逆らえなかった。

ベッドのすぐ下に置かれた浴槽に、そっと足を入れる。このまま浸かってしまいたいが、悩ましい。

セオドアが見ている。

「あ、あなたはそこにいるのですか……?」

「ひとりでは、無理だろう。……おまえ、今ろくに体が動かないんじゃないのか?」

「……」

「俺の責任でもあるからな。遠慮するな」

「でも……」

「冷めた湯よりも、あたたかいほうが気持ちいいぞ」

セオドアに淡々と促され、誘惑に負けてしまいそうになる。

ためらっていたフローラだったが、やがて観念したように目をつぶり、お湯の中に座りこんだ。

セオドアは傍についていている。まるで使用人みたいに、フローラの長い髪を持ち上げると、首筋から肩をあたたかなタオルで拭いてくれた。甲斐甲斐しいくらいに、優しい手つきだった。

フローラは、身の回りのことを他人に委ねるのに慣れている。もっとも、すべて女性の使用人だったけれども。

男の人に世話をされるなんて恥ずかしくてたまらないが、「どうせ、おまえの体なんて全部見ている」とセオドアに言われて、開き直るような心地になってしまった。

——へんなの。

湯浴《ゆあ》みの世話なんて、使用人の仕事だ。婚約者がするようなことではない。

それなのに、セオドアはどこか楽しげですらあった。

——アメリカ人だから、そういうことを気にしないのかしら。

セオドアの手つきは、意外なほど丁寧で優しい。フローラの体を、そっと温めてくれる。強引にフローラを奪った人の前なのに、体から力が抜けてリラックスしかけてしまった。

でも、無言でいるのは気まずい。

「あなたひとりで、お風呂の用意をしたのですか？」

「ああ、そうだが」

「……こんな重そうなものを、よくひとりで運べましたね」

「鉱山で担いでいた土砂に比べれば、どうってことはない」

セオドアは、皮肉っぽく口の端を上げた。

「おまえには想像もできない世界だろうな。……成り上がりの婿は、気にいらないか？」

「……そういうわけじゃないです」

フローラは、小声になった。

驚いただけだ。彼の出自をどうこう言うつもりはなかった。

「あの、一応、労働者階級の暮らしは、想像がつきます。少しだけですけれど、目にしたことがあるので……」

「……フローラ……？」

不審げに名前を呼ばれる。

胸が、ちくんと痛んだ。

「もう、あまり覚えていませんが。……陛下の使用人たちの世界とも違う、もっと生きていくのがたいへんな場所が世の中にあることは、わかっているつもりです」

フローラ自身、その記憶には欠落がある。だから、はっきりとしたことは言えない。けれど、力仕事をすることが当たりまえの世界があることは、知っていた。

空は灰色で自分の住む場所や身なりに構う余裕もなく、生きるだけで精一杯。辛くてお酒を飲んで、もっと苦しくなって、ちょっとのことで怒鳴り合いや殴り合いが始まる——……夜の夢の中、覚えてもいないのに、幻灯機《ファンタスマゴリア》のように知っている風景が蘇ることがあった。

あの時の記憶だ。

しかし、怖い思いはしていても、フローラは労働階級の人々を嫌っているわけではない。怖かったというぼんやりとした記憶はあっても、なぜかそうは思えなかった。

怖い夢を見ていても、どこかでぬくもりを感じたからだ。もしかしたらそのときに、誰かに優しくされたことがあるのだろうか。

上流階級には特権があり、恵まれている。フローラはそれを知ったからこそセオドアとの結婚も逃げるつもりはなかった。

特権だけ享受するのは後ろめたい。その分の義務も、きちんと果たしたかった。

「あなたこそ、わたしたちのことが嫌いでしょう？」

フローラは、小声で問いかける。

上流階級へ敵意を持つ者がいることは、フローラも痛いほど知っている。これも、誘拐されたときに知ったことだ。忘れてしまったことは多いのに、痛みの感覚だけは焼き付いていた。

「……そうだな」

皮肉っぽく、セオドアは相づちをうった。

「嫌っているわけじゃないさ。……カモだとは思っているが」

セオドアの言葉は身も蓋もない。そしてたぶん、裏も表もないのだろう。

「だが、まあ……。貴族なら誰でもカモにしてやろうと思っているわけじゃない。中にはいいヤツもいる。労働者階級に働かない嫌なヤツもいるみたいに。当たりまえの話だがな」

「ミスター・オーウェル……」

フローラは、ずっと伏せがちだった視線をようやく上げた。

フローラを見つめるセオドアは、意外なくらいすっきりした笑顔をしていた。

「おまえのことは気に入ったぞ、フローラ」

そう言ってから、セオドアはからかうようにフローラの表情を覗きこんできた。

「それとも、レディ・ローズと呼んだほうがいいか？」

「……あ、あなたの好きにしてください」

「では、フローラと」

セオドアは、フローラの長い髪を一房、すくい上げる。

「俺の妻だしな」

「……まだ、妻じゃないわ！」

思わずお湯をはね上げたけれども、セオドアには避けられてしまった。でも、命中はさせられなくても彼の頬を濡らすことはできた。

「ようやく、元気が出てきたじゃないか」

くくっと、セオドアは笑っている。

彼の手のひらでいいように転がされている気がしてきた。むっとして、フローラはもう一度水をはね飛ばした。

――なんなの、この人。

予想外のことばかりされるせいで、振り回されてしまう。

しかし、彼の豪放さに救われている部分もあった。

自分を愛してもいない人に抱かれた明くる朝は、どれだけ辛い気持ちになるだろうと思っていた。でも、セオドアのせいで感傷的になるどころではなくなっている。

セオドアに対する嫌悪もない。

——わたし、おかしいわ。きっと、ミスター・オーウェルが変わり者だからよ。彼に汚されたと、さっきまでは本当にそう思っていた。でも今はそれよりも、ほんの少しだけ泣きたいような気持ちになっている。

セオドアはフローラに対して気づかってくれている。湯の用意もして、こうして世話をしてくれているのだから。

どれだけ強がろうと、たぶん、フローラは心細かったのだ。いくら政略結婚とはいえ、ちゃんと妻として思いやってほしかった。

そして、その口に出せなかった願いに、セオドアは応えてくれた。

だから、こんなふうに思うのはおかしいのかもしれないけれども——……フローラは救われたような気持ちになっていた。

ACT 6

「まだ、セオドアは戻りませんよ」

穏やかに声をかけられて、フローラはびくんと肩を跳ねさせた。

「落ち着きませんか、レディ・フローラ。先ほどからずっと、外を気にしておいでだ。セオドアの帰りが待ち遠しいですか？」

その口調は、いかにも紳士風だ。でも、テオドール・リーリントンと名乗ったその男の第一印象もまた、セオドアと同じように「植民地帰りの軍人みたい」というのがフローラの率直な感想だった。

彼は、セオドアの片腕で、彼の事業を支えているという。

テオドールはアメリカ出身ではなく、この国の生まれだという。大人になってからアメリカに渡り、セオドアのもとで働くようになったそうだ。単語の発音がクリアで、いかにも中流階級の、いい教育を受けた人のような言葉遣いをする。

しかし外見は浅黒く日焼けしていて、それが彼を軍人のように見せていた。でも、セオドアに比べれば怜悧《れいり》な雰囲気を醸《かも》し出している。眼鏡がよく似合っていて、知的な印象が引き立てられていた。そういえば、伯爵家の顧問弁護士と、少し雰囲気が似ている。

「……わたしは、いつミスター・オーウェルが帰ってこようと構いません。ですが、お客さまを置いて出て行ってしまうとは……」

「お気づかいなく。私は仕事でここに来ているのですから。彼がいない間も、やるべきことはたくさんあります」

テオドールは、穏やかに言った。

「なにせ、我々はまだロンドンに拠点がありません。この屋敷を事務所として使わせていただけるのは、本当にありがたいです」

書類から視線を上げたテオドールは、微苦笑している。

「もっとも、商会の事務所としては、立派すぎるように思いますが」

「ミスター・オーウェルは大富豪なのでしょう？　ロンドンはともかく、アメリカには立派なお屋敷があるのではなくて？」

「たしかに、我々は手広い事業をしています。しかし、セオドアはあまり生活にお金をかけるほうではありませんので、事務所も自宅も質素なものです。……もっとも、あなたとご結婚するとなれば、これから手頃なお屋敷を購入するでしょうが」

「……そう」

「自分を大きく見せようと立派な建物を造るより、雇う相手にお金も手間もかけたい人なんですよ、彼は」

　どこか誇らしげにテオドールは言う。

「だから我々がこうして先陣切って欧州に乗り込んできても、アメリカにある本社を任せておけるような人材を発掘できたというわけです」

　フローラは小さく首を傾げた。

　――いい執事じゃないと、留守は任せられないとか、そういうことなのかしら？

　話を聞いていても、セオドアやテオドールみたいな人々の暮らしがどんなものか、フローラにはなかなかぴんとこなかった。

　昨日、セオドアはフローラの身支度を手伝ったあとで「仕事だ」と言って出かけていった。そして、夜に戻ってきたときにはテオドールを連れてきており、フローラに引き合わせたのだった。「こいつは秘書だが、事業の上ではそれ以上の存在、つまり片腕みたいなものだ。おまえも、これからたびたび顔を合わせるだろう」と。

　秘書というのはつまり、領地管理《ランド・スチュワード》をする家令みたいなものらしい。

　昨夜のふいの来客には面食らったけれども、セオドアとふたりきりになるよりも、ずっとよかった。それに、メアリーがいかにも気の毒そうな顔でフローラを気にかけてくるのも辛かったから、来客のおかげで気がまぎれた。

その後テオドールは宿泊しなかったが、帰りがけに明日の午前中にはまた来訪すると言い、その予告どおり今日も訪れた。

そして屋敷の居間に陣取って、なにやらずっと書類を書きつけたり読みこんだりしている。

働いている、ということなのだろうか。

セオドアとテオドールは居間でずっと話し込んでいたのだが、やがてセオドアに電報が届き、彼はそのまま「港に行ってくる」と言い残し、出かけてしまった。

おかげで、テオドールだけが残されてしまったのだ。

セオドアに好き放題されているが、フローラはこの屋敷の主人である、伯爵の娘だ。来客ということならば、もてなさなくてはいけない。

しかし、フローラは困惑しきっていた。

——こ、こういう人って、どう扱えばいいの……？

なにせ、「事業をする」ということに、伯爵令嬢であるフローラは縁遠かった。そもそも上流階級は建前として、働かないということになっている。

テオドールのような立場の人への接し方なんて、マナーとして学んでいない。彼のような存在と関わることになるというのが、まず想定外だった。

——ミスター・リーリントンはミスター・オーウェルの使用人のようなものだけれど、

片腕……。パートナーだから、来客として扱っていいのよね？

混乱しつつも、フローラはテオドールのために茶を用意し、自らもてなそうとする。

――別に、ミスター・オーウェルのためじゃないのよ。お客さまを放置しちゃいけないし……。

お客様のため。フローラはそう言い聞かせて、ろくに話もしないテオドールの傍でお茶を淹れたり、お菓子を用意させたりと、くるくると動いていた。

最後にはとうとう、「どうぞ、私のことは放っておいてください」と言われてしまったが。

仕方ないので、刺繍でもしていようと道具を持ち出したフローラだったが、正直に言えば落ち着かない。

それに、テオドールの読んでいる書類が気になる。

もともと、フローラは知的好奇心が旺盛だ。毎朝のように父伯爵が話してくれるだけだった新聞の内容も、本当は自分の目でたしかめたいと思っていた。

だからつい、ちらちらとテオドールの手元を見てしまう。

それにしても、セオドアはいつ戻ってくるのだろうか。

フローラは、眉間に皺を寄せる。

テオドールに言われたみたいに、別にセオドアの戻ってくる時間を気にしているわけではない。

いったいなにをしているのかと、純粋に疑問だった。

セオドアは、この屋敷への侵略者だ。しかし、未知の世界からきたあの未来の夫に対して、少しずつ興味が湧きはじめてきている。

あんなに傲慢で、口が悪くて、無作法なのに、やっぱり優しいところもあるかもしれないと、フローラは思うようになっていた。

昨夜は、一緒の寝台で抱きしめられるように眠っただけだ。無体をされなかったおかげで、体はずいぶん楽になっている。

お湯の用意をしてもらったときと同じで、やはりセオドアの気づかいを感じた。

フローラは大事にされることに慣れていないからこそ、憧れていた。

そんなフローラの心に、セオドアの態度は、素直にうれしく感じられてしまったのだ。

彼の胸は広く、あたたかかった。賭で花嫁を奪おうとするような人なのに。

気恥ずかしさもあったし、またふしだらなことをされるのではないかとも、考えた。だからセオドアを拒もうとしたフローラだったが、杞憂《きゆう》だったのだ。

それに、そのぬくもりで安らぐことができた。

やっぱり、結婚相手とはいえ男の人と一緒に眠るなんて、はしたないとは思うのだけど。

――昨日みたいに一緒に眠るくらいなら……悪くないかも。

そう思った瞬間、なんだか無性に気恥ずかしくなる。

夫婦だって、ふつう寝室は別にするものだ。だが、大きな広い胸の思わぬぬくもりは、びっくりするくらい心地良かった。緊張でがちがちに強張っていた体はいつしかほぐれ、気がつけばフローラは熟睡してしまっていた。

——わたし、馬鹿みたい。

フローラは、小さく息をつく。

セオドアは、気を許せる相手ではないと、思っていた。実際に、結婚前に淫らなことをフローラに教えたような人だ。でも、フローラを気遣ってくれるというのも、また彼の一面なのだ。そのせいか、なんだか彼の存在に、心を揺らされてしまっている。

——あの人が、あまりにも風変わりだから、振りまわされているんだわ。

フローラは、そう結論づけようとする。

だって、そうだと思わないと、自分の気持ちにとても説明がつけられないから。


テオドールになにもしなくていいと言われ、手持無沙汰に過ごしていたフローラだったが、ふいに外から馬車の音が聞こえてきて腰を浮かす。

そのとたん、テオドールが小さく笑ったのに気付いた。なんだか気恥ずかしくなって、フローラはぽすんと音をたててスツールに腰を下ろしてしまった。

しかし、なんだかそわそわしてしまう。落ち着かない自分が、なんだか悔しい。なにになわからないけれども、負けてしまったような気がしていた。

やがて、早足でセオドアが戻ってきた。

「戻った。おい、テオドール、資料はまとまったか」

テオドールは無言で書類を取り出す。形式張った挨拶もなにもなしで、セオドアはテオドールの向かいに腰かけた。

「ところで港はどうでしたか」

「なかなかいいな」

長い足を組んだセオドアはソファに背を預け、満足そうににやりと笑う。そして、テオドールに渡された資料を確認しはじめた。

フローラは面食らった。

テオドールとセオドアは額をつき合って、資料をめくる。そして、事業の話をはじめてしまったようだ。

こういう場所に、フローラのような婦人がいてもいいのだろうか。

正直に言えば、彼らのしている仕事の内容に興味はある。はしたないこととはいえ、ふたりの会話を聞けたら、楽しいかもしれないとフローラは思った。

そう考えているうちに、席を立つタイミングを逃してしまった気がする。言葉なら、マナーとして、フローラは部屋に戻るべきなのだろう。

しかしセオドアはフローラには声をかけてこない。

――どうしよう……。

やがて、セオドアの従者であるトマスが、慌てふためいて茶器を運んできた。フローラは昨日のこともあり、彼の顔が見られなくて、目を伏せる。

「ああ、ありがとう」

優しい声で、セオドアはトマスにねぎらう言葉をかけている。しかし彼の心は今、「仕事」のものになっているようだった。

「アフリカへの投資だ。実に面白い案件だと思わないか」

お茶を口にしながら、セオドアは目を眇める。

かぐわしい香りのする紅茶を口にしつつ、フローラは面食らっていた。

彼らは仕事の具体的な話を、フローラの前で続けるつもりなのだろうか
――アフリカ。アフリカっていうと、南のほうにある……。ダイヤモンドとカカオが採れる場所だわ。

いつか本で読んだことを、フローラはうっすら思い出していた。

南アフリカに移住する人がいるという話は、たまに耳にする。そこはあまりにも遠く、

ロンドンで暮らしにくくなったような人や紳士らしからぬ野心家が、いちかばちかで旅立つような場所らしい。

話の続きが気になる。だがセオドアが仕事の話をするというのなら、やはりフローラはこの場にいないほうがいいに違いない。

セオドアがいくら風変わりとはいえ、フローラまで淑女としてはしたないことはあまりしないほうがいいのではないか。

「……わたし、席を外します」

男ふたりがスモーキングルームかライブラリーにでも行けばいいのにと思いながらも、フローラはとうとう申し出る。

「なぜだ」

セオドアは、書類から目を離しちらりとフローラを振り返った。

「話を聞いていたいんだろう？」

「えっ」

どきっとした。

思わず目を大きく見開いたフローラに、セオドアは笑みを含んだ視線を向けてくる。

「興味津々という顔をしているじゃないか」

セオドアは、口の端を上げる。

「……っ」

ばつが悪くなって、フローラは顔を赤く染めた。

こちらを振り向く素振りも見せなかったのに、どうして彼に気付かれてしまったのだろうか。

商売の話に好奇心を刺激されてしまうなんて、聞き耳を立てるなんて、上流階級の女性としてふさわしくない。恥ずかしかった。

でも、セオドアもテオドールも、フローラを咎《とが》めるつもりはないらしかった。

「聞いていればいいさ。おまえは、俺の妻になるんだ。問題ない」

「……」

ここにいてもいいということはうれしかった。だが、妻と言われたせいで、すんなりうなずけない。

たしかに、セオドアとは結ばれた。自分の立場もわかっている。それでも、もう反発が条件反射みたいになってしまっていた。

「しかし、金を使うことは知っていても、稼ぐことを知らない娘が、仕事の話に興味を持つとはな」

冷やかすように、セオドアは言う。

「きょ、興味なんて……っ。ただ、知らない世界のことだから……」

フローラは、小さく頭を横に振った。

「……いいことだ」

セオドアの声は、なんだか優しい。

「知らないことを、知ろうとするのは」

意外な反応に、フローラは目を丸くする。

女の子はできるだけ、外の世界のことなんてなにも知らずにお嫁に行く。そのほうが幸せになれる……――そう教育された育ったフローラは、本を読むことにすら後ろめたさを持っていたのだ。家族からも、変わり者だと言われてきた。

でも、セオドアはそうは考えていないのだろうか。

ぱちぱちとまばたきしていると、セオドアは小さく笑った。

今までとは違う、柔らかな笑みだ。

「おまえは、それでいい」

「……はい」

思わず、素直に頷いてしまう。

そして、そのまま顔を上げられなくなった。

それでいいだなんて、このままのフローラでいいなんて、言ってもらえたのは生まれてはじめてだった。

まだ、セオドアに心を許したわけではない。

——ああ、でも……。

彼の言葉は、心地良かった。

決して、好きな人ではない。結婚したくて、するわけでもない。それでも、なにか拒みきれないものをセオドアに対して感じはじめていた。

それにもう、触れられて生じる熱を、彼に教えこまれてしまった。

その夜、また求められても上手に拒めなくて、快楽に啜り泣かされてしまったのは、きっとそのせいだ。

＊　＊　＊

姉と弟と。それぞれからの手紙が届いたのは、偶然にも同じ日付。ようやく、セオドアの存在に慣れはじめた頃だった。

弟はイートン校の友人からフローラの結婚話を聞いたらしく、動揺しつつもフローラを案じてくれていた。

姉からは、体への気遣いだ。いろいろ辛いこともあるが、「フローラとブライトンで会えることを楽しみにしている」と、書かれていた。

――大丈夫よ、フローレンス。

姉と離れてから、まだ四週間も経っていない。それなのに、たくさんの時間が流れたような気がして、フローラは苦笑した。

――……たぶん、セオドアと上手くやれるわ。

テーブルに手紙を広げて、フローラは息をつく。

どんな顔で、フローレンスに逢おうか。複雑な気持ちがないと言えば嘘になってしまうが、最初に覚悟していたよりもずっと、今のフローラの生活は落ち着いている。

へんな話なのだが、儀礼や上流階級のしがらみにとらわれないセオドアとの生活に、解放感すら抱きはじめていた。

しかし、いかにセオドアが自由な男で、フローラが社交界と距離を置いていたとしても、果たさなくてはいけない義理はある。

――ブライトン、か……。久しぶりだわ。

社交界に顔を出すのは、必要最低限だけ。そう決めているフローラだが、今は小旅行の準備をはじめている。夏の最後を飾る、皇太子殿下主催の仮面舞踏会に出席するためだった。

社交好きの姉も、両親が逃げるように領地に戻ってからは、舞踏会などには出ていないようだ。でも、やはりフローラと同じように旅行支度をしているはずだ。

今度の舞踏会には、姉もフローラも出ないわけにはいかない。姉は、レキシントン子爵の婚約者として。そして、フローラもまた、皇太子殿下に内々の婚約の報告をする義務がある。

ブライトンというのは、南方にあるリゾート地だ。別荘を持っている貴族も多い。また、王室の離宮もある。今は海に入る季節ではなくなっていたが、ロンドンより温暖な気候で、社交に疲れた体を癒やすにもちょうどいい場所だった。

ブライトンまでは、馬車と汽車の旅になる。

国内旅行とはいえ、舞踏会に出るとなると、それなりに用意は必要だ。ドレスは一日に何度も着替えなくてはならないし、宝石だって必要になる。きらびやかな場所が苦手なフローラにとって、どちらかといえば大変なことが多かった。

フローレンスみたいな社交界好きなら、準備も苦ではないのだろうけれども。

フローラが荷物を自力で運んだり、用意したりすることはないにしても、指示は出さなくてはいけない。それもあって、なにかとせわしい。

——そういえば、ミスター・オーウェルの仕立物はできあがったかしら。

舞踏会用の礼服を、彼は新しく仕立てている。旅行に、ぎりぎり間に合うようにできあがるはずだ。あとで確認しておかなくては。

——ミスター・オーウェルはお気に召さなかったみたいだけど、ちゃんと着てくれるかしら。

彼は紳士的ではないにしても、顔立ちは男らしくて整っているし、体格もしっかりしている。だから、礼服も似合うはずなのに。

フローラは、礼服を仕立てたときのことを思いだした。


「まったく、上流階級の礼儀作法というのは度しがたいな。これから先、なにかきっかけがあれば、絶対に簡略化していくぞ」

まったくうんざりだという表情で、セオドアは言った。彼は、仕立屋にあちらこちらを採寸され、様々な布地の見本やら、貝殻のボタンやらを立て続けに披露されて、すっかり飽きていたみたいだった。

「アメリカの社交界だって、同じようなものでしょう？」

大富豪なのだから、仕立屋くらい慣れてるだろうに。そのとき、フローラはただ不思議だった。

「もちろん、そうさ。どっちにしても、くだらない。時間の無駄だ」

「お仕事する上でも、付き合いは大事でしょうに」

「……ああ、それは正論だ」

セオドアは、フローラのその言葉に少し面食らったような素振りを見せた後、やがて楽しげに笑いだした。

「おまえもなかなか言うようになったじゃないか」

皮肉っぽく呟いたわりに、セオドアは楽しげな表情をしていた。

かすかな笑みにときめいたのは、気のせいだったと思いたい。


——舞踏会のときは、わからないことがありそうだったら、わたしが助けてあげないと。

マナーブックも旅の支度に入れておこうと、フローラはメモをしておく。

フローレンスの手紙への返事は、どう書こう。

いまだ、言葉が見つからない。

セオドアは傍若無人だが、それほど悪い人ではない。広い世界を知っているところに魅力を感じる……——そう書けば、いいのだろうか。

だから安心してほしい、と。

魅力を感じているというのも、嘘ではない。セオドアは今ここにあるものではなく、ずっと先を見てる。追い求めている。そう感じることがあった。

そのたびに、フローラはどきっとする。

ときめいているわけではないと、思いたい。でも、その視線の先にあるものへの好奇心は、否定できなかった。

――だってあんな人、今までわたしの周りにはいなかった。

強引だし、不躾な礼儀知らずだし、ちっとも紳士ではない。淡い慕情を抱いていたレキシントン子爵みたいな、誰もがスマートで素敵だと言うような人ではない。

それなのに、ときおり彼から目をそらせなくなるのだ。

それに、セオドアの傍にいるのは楽だった。

これまで周囲から『キズモノ』という扱いを受けていたとはいえ、フローラは伯爵令嬢だ。家名にふさわしい振る舞いをするよう心がけてきたけれども、時として窮屈だと感じることがあった。好奇心が刺激されても、抑えるようにしてきた。

でも、セオドアは、フローラの伯爵令嬢らしからぬ部分も受け止めてくれる。

彼が紳士ではないから？

そうかもしれない。でも、フローラは嬉しかった。

婦人向け雑誌だけではなく、本当に興味を持った本を読める。知らない言葉がセオドアの口から出てきた時も、尋ねれば教えてくれた。

フローラみたいに、貴族社会からはみ出した娘も、セオドアは受け入れてくれる。

――つりあいがとれている……ということなのかしら。

フローラは、小さく息をつく。

どうせ、まともな結婚なんてできるはずのなかった身だ。それが、案外似合いの夫を手にいれた。そう思っても、いいのだろうか。

――別に好意を持っているとか、そういうのじゃないけれど……。

心の中で思わず呟いてしまったのは、少し言い訳じみていたかもしれない。

たぶん、セオドア相手だと、気が楽なのだ。上流階級にはなじめないフローラでも、気負うことなく傍にいられる。

そういえば、セオドアは結局、フローラの過去を知っているのだろうか。

フローラが『キズモノ』の娘と言われてきたことを。

――……結局、それは間違いだった……けど……。

かあっと、フローラは頬を熱くする。

フローラの純潔は、あの夜セオドアに奪われた。体の奥深くで感じたし、翌朝この目でも証を見た。

あの瞬間の感情を、言葉にするのは無理だ。

解放感と、安堵と。そして、苦さと甘さの混ざり合った感情で胸がいっぱいになった。

好きでもない相手に、純潔を奪われた。家のために、彼に体を許した。

それなのに、嫌悪ではなくて、長らく悩んでいたことからの解放感で胸がいっぱいになるなんて、フローラはどうかしているのかもしれない。

――そういえば、結局、あのときわたしを助けてくれたのは、誰だったのかしら。

気持ちが軽くなったせいか、最近ようやく、誘拐されたときのことを考えられるようになった。

記憶の空白にあったかもしれないおぞましい経験がはっきりと否定されたことで、冷静になれたのかもしれない。

それで、気がついたことがあった。

誘拐されたフローラの居場所が警察にわかったのは、差出人がわからない投書のおかげだ。一ヶ月後にイースト・エンドの娼館で見つかったとき、やせてしまって怯えていたが、怪我はなかったという。

投書の主は恩人だ。

――怖い夢の中でたまに感じるぬくもりはその人のものなのかしら……。

いつか出会えたら、お礼を言いたい。こんな気持ちになれたのは初めてだ。

匿名の投書がフローラを救った。でも、見付かった場所が場所だったことから、フローラは幼いながら娼婦にされていたのではないかと、誰もが疑った。

だから、それゆえに。

あれ以来、ロンドン社交界において、『ローズ』の愛称をもつのは、たったひとりになった。

けがれた娘のことには誰もが口をつぐみ、そして「なかったこと」にしようとしたのだ。

ACT 7

単なる舞踏会ではなく、仮面舞踏会となると、古風な老婦人などは「はしたない」ということもある。仮面をつけているのをいいことに、誰もが羽目を外しがちだからだ。

けれども、皇太子殿下主催とあれば、社交界の御意見番みたいな老貴婦人だって、参加しないわけにはいかない。ロンドンの社交界ごとブライトンに引っ越したような騒ぎにもなる。

フローラたちの国の皇太子殿下は、華やかなことが大好きだ。

世界中を渡り歩き、花の都パリに憧れる彼は、ロンドンの社交界でも有数のおしゃれで、新しいもの好きな人でもあった。

「だから、いつでも金がないんじゃないのか」

ブライトンの宿泊先から離宮へと向かう馬車の中で、セオドアは皮肉っぽく笑った。

皇太子殿下の借金体質は、誰もが知っていることだ。でも、それをあえて言葉にするような貴族はいない。

「ミスター・オーウェル。社交の場でそのようなことを口にするのは、マナー違反ですよ」

「今は、おまえしか聞いていないだろ」

セオドアは軽く肩を竦める。

「おまえ、本当に面白いな。父親の命じるまま好きでもない男と結婚するような娘には、とても見えない」

「どういうこと、ですか」

フローラは、眉を顰める。

どうして今、そんな話を持ち出されるのかわからない。

「従順な人形というわけじゃないのが、俺好みって話だ」

ぽん、と大きな手のひらを頭の上にのせられる。

「……っ」

なんだか、あしらわれてしまったような気がしてくる。上目使いで軽くセオドアを睨んだあと、フローラはぽつんと呟く。

「あなた好みでも、別にわたしにとっていいことはなにも――」

「俺にとっては、いいことだ」

くちびるをフローラの耳たぶに寄せ、セオドアは思わせぶりに囁いた。

「冗談はやめてください」

顔を近づけられると、なんだか鼓動が速くなってしまう。もしかして、彼に力強く求められる瞬間のことを思い出してしまうからかもしれない。

「本気だが？」

セオドアは、口の端を上げた。

「からかわないでください」

ふいっと、フローラは顔を背ける。

セオドアからも、そして自分の気持ちからも。

彼の傍にいることに慣れてきて、ほっと息がつけるようになった自分を知っているけれども、まだそれを認めるまでには時間がかかりそうだった。

ブライトンがリゾート地として発展しはじめたのは、前世紀末のことだ。時の摂政殿下が作りあげた宮殿は、この国の他の場所では見慣れぬ形をしていた。

馬車から降りたフローラは、その異形の建築物を見上げた。

――東洋の宮殿のかたちを模しているという話だけど……。奇妙な建物よね。本当に、ジョン・ナッシュの建造物なのかしら。

フローラは首をひねる。

まるでマッシュルームみたいな屋根が連なった建物は、どことなくユーモラスだ。ジョン・ナッシュの手による建物はロンドンにもあちらこちらに残っているけれども、とても同じ建築家の作品に見えない。

「……インド風の建物だな」

セオドアは、肩を竦める。

「インドの建物は、お好きでないのですか」

「趣味が悪い」

インドと言われても、フローラはいまいちピンと来ない。インドからの物資が、たくさん帝都にも来ていることは、セオドアが教えてくれたのだけど。

皮肉っぽく、セオドアは笑う。

「こんなまがいものを作らせる国王の趣味が、悪いという話だ」

「ここを作ったのは、当時の国王陛下ではありません。摂政殿下です」

フローラは、生真面目に訂正する。

「似たようなものだろ」

「お人柄もなにもかも、違ったと聞いています」

「わかったわかった、俺が間違っていた」

笑いながら、セオドアはフローラの頭のてっぺんに手のひらをのせた。ぽんぽんと、軽く子どもをあやすように叩かれる。

「だが、悪趣味なのは間違いないな」

フローラの耳元にくちびるを寄せ、セオドアは囁く。彼の息が鼓膜をくすぐり、フローラは少し身じろぎした。

宮殿に一歩足を踏み入れた彼は、建物を見た時以上に呆れているみたいだった。

「内装も奇抜な宮殿ですね」

「中国風だな。外見はインドで、中身は中国。なんだ、このちぐはぐな建築は」

セオドアの声の大きさが気になって、フローラは靴の爪先で、軽く彼の足の甲を踏む。

「フローラ」と彼に名前を呼ばれたが、ぷいっと横を向いて、知らないふりをしてやる。

セオドアも、それに対して機嫌をそこねたりはしなかった。くくっと笑った彼は、そのままフローラの腰に腕を回し軽く抱き寄せる。

「ミスター・オーウェルと、コンコード伯爵令嬢フローラさま、ご到着です」

フットマンに出迎えられ、名前を呼ばれると、さっと周囲の視線が集まる。少しだけ、心が重くなった。

――ああ。

フローラは、ひっそりと息を呑んだ。

視線の重さに負けて、つい俯いてしまいたくなる。でも、そんな衝動を、フローラはかろうじて耐えていた。

胸を張っていなくては。

「フローラ?」

セオドアに名前を呼ばれて、フローラは頭を横に振った。

「なんでもありません」

きっぱり応えてみたものの、セオドアは釈然としない表情だ。彼は勘の鈍い男ではない。フローラの微妙な表情の変化に、すぐ気づかれてしまう。

でも、「なかったこと」にしてみせる。社交界では、沈黙さえ守れば、それは押し通せるはずなのだから。

ふと、フローラを支えるセオドアの腕に、力が加わったのを感じた。

――あ……。

セオドアは、なにも言わない。でも、まるで無言で、フローラを支えようとしてくれているみたいだった。

――あまり、優しくしないで。

フローラなんて、彼にとってはフローレンスの身代わりでしかない。気を遣うような対象でも、ないだろうに。でも出会ってからずっと、フローラが弱っているときに限って、彼は手を差し伸べてくるのだ。

時々、政略結婚の相手だということを忘れてしまいそうになる。

大広間への扉が開かれる。真っ赤なカーテンに美しく彩色された壁紙が、目に染みるようだった。

「あっちこっちから掻き集めてきたような中華趣味《シノワ》だな。……これが、この国で作れる精一杯なんだろうが、やはり本場とは違う。ヨーロッパの顔をしている」

呆れ顔のセオドアだが、別に不愉快なわけではないようだ。口の端が、かすかに上がっている。面白がっているらしい。

――この人は、本物を見たことがあるのかしら。

フローラは、ちらりとセオドアを見上げた。

彼は仕事で世界中を飛び回っている。よく日焼けしているのは鉱脈彫りをしていたときの名残というわけではなく、いまだ資源を求めて未開の土地に足を運ぶかららしい。

世界のあちらこちらで暮らした経験があるみたいだから、彼ならば東洋で生活していたことがあっても不思議ではない。

――ミスター・オーウェルは、いつまでロンドンで暮らすのかしら。彼にとってはこの国も、仕事のために仮住まいするだけの場所のはず……。

彼はいつか、この地を去るのだろうか。

——そのときには、わたしも？

彼はフローラを連れて行ってくれるのだろうか。

「ヨーロッパで商売するために」フローラは、セオドアにとって便利なだけの存在だ。

セオドアが新しい世界に羽ばたくときは、フローラが置いていかれるときなのかもしれない。そう考えただけなのに、ちくりと胸を刺された気がした。

——……なによ、これ。

胸の内に、言葉にできない感情が滲み出る。息を潜めたくなるような違和感に、フローラは戸惑いを感じていた。

＊　＊　＊

「噂は聞いていたのですが、本当にご結婚されることになるとは思いませんでした」

ケリー男爵夫人の言葉は、驚くほどくっきりと響き、フローラの鼓膜を揺らした。

誰もが遠巻きに見ているフローラたちに、彼女が声をかけてきたわけではない。つれの貴婦人と話している声が、フローラにまで聞こえてきたのだ。

男爵夫人といっても、彼女は未婚だ。古いイングランドの男爵家には、女性も爵位を継《ハー・オウン・》げ《ライト》場合もある。彼女もその一人だった。

美声の持ち主として、社交界では名高い。たわむれにオペラのヒロインを演じることもある彼女だから、フローラにもその言葉が聞こえてきたのは、声が通るゆえだったのかもしれない。

　ちらりと向けられた視線には、真冬のつららよりも冷ややかな感情が宿っていた。

「……ミスター・オーウェルは億万長者というだけではなくて、ずいぶんと寛大なお心の持ち主ですこと」

「あら、それは彼がアメリカ人だからですわ。あの国では、なによりもお金が重要視されると聞きますもの。こういう場に出入りできる権利を買うことで、次の事業につなげようとしているのかも」

　ケリー男爵夫人の相手をしているのは、誰だろう。どこかで聞いたことのある声だが、思い出せない。ゴシップが楽しくてたまらないという、弾んだ声だった。

「皇太子殿下の舞踏会に、成り上がりのアメリカ人が乗り込んでくるなんて」

「嘆かわしいですけど、我が国の社交界に、彼らは根付いてしまっていますわ」

「コンコード伯爵家といえば、イングランド貴族の中でも古い家柄。でも、レディ・フローラとアメリカ人の成り上がりなら、お似合いですわよ。なんと言ったって『地位が改まった者同士』ですもの」

　さっと血の気が引く。

背筋に冷たい汗をかく。

怯えるように、フローラは傍らのセオドアの様子に注意を向けた。彼のどんな小さな変化も見逃さないよう、全身の気配を張り巡らせていた。

セオドアは、そっとフローラの肩を抱く。

「いったいどういう意味だ」と問われることを覚悟していた。だが、セオドアは、「ここは空気が悪いな」と呟いただけだった。

「セオドア……」

「気にするな。おまえが美しいから、人の視線を引きつけずにられないんだろう」

セオドアは、喉の奥で笑う。

彼は、わざとらしく声を張っていた。周囲に、言葉が聞こえるように。

「……馬鹿ですね」

フローラは、苦く笑う。

あてつけのつもりだろうか。まさかそんな、庇うみたいなことをしてくれるなんて……

——思わなかったわけではない。セオドア紳士ではないかもしれないが、フローラをを大事にしてくれているのはわかる。そのことは十分なほどに感じていた。

彼は優しい人だ。

セオドアと結婚することになった経緯を忘れたわけではない。それでもフローラは、彼からぬくもりを感じてしまうのだ。

「フローラ」

　ふと、セオドアが真摯な表情になって言った。

「無理するなよ」

「……どうしてそんなことを言うの？」

　フローラは抑えがちな声で呟いた。そうしないと動揺が滲んでしまいそうだったからだ。

「俺は、思ったことを言ったまでだ」

　セオドアは、フローラを見下ろす。琥珀色の瞳は、深い色合いになっていた。そこになんらかの情を探してしまいそうになった自分に気づき、フローラははっとした。

　——勘違いしちゃ駄目。

　フローラは、小さく首を横に振る。妻になる相手を気遣わないほど、セオドアは冷たい人ではない。

　でも、決してそれ以上を求めてはいけなかった。

　セオドアは、フローラの腰を支えるように腕を回してくれていた。でも、それに寄りかからないでいようと、フローラは思った。

　社交界は、女の戦場だ。フローラはずっと、そこから逃げていた。しかし結婚するとなれば、戻らなくてはいけない場所だった。

セオドアの仕事を考えれば、なおのことだ。

――こんな、最初からくじけていては駄目じゃない。

伯爵家の娘として、ふさわしい振る舞いをすること。たとえセオドアがフローラの過去を知ることになろうとも……――セオドアのためにも、社交界から逃げだしたりしないよう、心を強く持たなくてはいけないだろう。

一生、彼に秘密を隠すことができるなんて、さすがにフローラも思っていない。いずれ、彼も知るはずだ。

フローラがかつて誘拐され、一ヶ月後に娼館で発見されたことを。

そして、社交界で「伯爵家の娼婦」と陰口をたたかれたことを。

恥ずかしいフローラの秘密を知ったとき、彼はどういう反応をするだろう。

フローラが娼婦ではなかったということは、誰よりもセオドアが知っている。もしかしたら、彼ならば過去の出来事ごと、フローラを受け入れてくれるのではないかと思いたくなる。

フローラを支えてくれる腕には、それほどの頼りがいがあった。

――期待なんて、させないでほしいのに。

フローラは、きゅっとくちびるを引き結ぶ。

セオドアが、こんな人だなんて思わなかった。頼れるかもしれないなんて、受け入れてくれるかもしれないなんて、そんなふうに感じさせてくれる人だなんて。

――この人は、お姉さまのことが好きくせに。

フローレンスは、なんて幸せな人なのだろう。レキシントン子爵に愛されているだけではなく、セオドアのような人にも恋い焦がれられている。

いったいどちらに愛されていることが羨ましいかなんて、フローラにもわからなくなってきてしまった。それを認めるのは、少しだけ抵抗があったけれども。

「フローラ」

セオドアが、名前を呼ぶ。なにか、言葉をせかすように。

でも、なにも言えない。強い視線で促されようとも。

仮面舞踏会でよかった。

表情を、誤魔化すことができる。

緊張しきった空気を破ったのは、さざ波のように広がったざわめきだった。

「おや、レディ・ローズじゃないか」

「今はもう、レキシントン子爵のお屋敷に住んでいらっしゃるそうで……」

「姉と妹なのに、差がついたものね」

「コンコード伯爵も、情けのないこと」

時折聞こえてくるひややかな敵意のある声も、姉と子爵の華やかさと美しさの前では気にならなくなってしまう。

フローラは、うっとりとふたりを見つめた。

レキシントン子爵にエスコートされたフローレンスに、フローラはゆっくりと近づいていく。セオドアはフローレンスを見つめているものの、フローラについては来なかった。

「お姉さま、子爵」

「フローラ」

扇をぎゅっと握りしめたフローレンスの声は、沈んだものだった。

「よかった、元気そうで」

「ごきげんよう。おふたりにお会いできて、嬉しいです」

「私もよ。大丈夫？　酷い目にあってはいないこと？」

「……はい」

純潔は奪われてしまったけれども、それは言えない。こくりと頷いたフローラは、姉と未来の義兄に問う。

「あの……。ミスター・オーウェルをご紹介したほうがよろしいでしょうか」

「ああ、それはいいよ。フローラ。君も災難だね」

レキシントン子爵は、突き放すような声で言う。関わり合いになりたくないと言われている気がして、フローラは胸が痛くなった。

幼馴染みでもあるレキシントン子爵は、よくない噂のつきまとうフローラにも優しかった。だから、セオドアにも同じように接してくれると思っていたが、甘かったのかもしれない。

「こういう場所では、ね。結婚式には出るよ」

レキシントン子爵は、小声で付け加える。

どきっとした。

あれほど憧れていた人なのに、なぜだか今、彼の輝きが薄れてしまった気がした。

「……ありがとうございます。内々になると思いますが」

「それがいいだろうね」

事情も事情だし、とレキシントン子爵は言いたげだ。優美で細い眉が、不愉快そうに寄せられている。

貴族としての自意識が強い人だ。だから、こういう反応になるのも仕方ないかもしれない。フローラだって、最初はセオドアに対してわだかまりを抱いていた。

それでも、どうしてかフローラは悲しくなって、俯いてしまった。

それに、なにより胸が痛かったのは、いつもは皮肉ばかり言っているセオドアが、黙ってフローレンスを見つめていることだった。

輝くように美しい、フローレンス。もしかしたらセオドアは、今も彼女を諦めていないのだろうか。

＊　＊　＊

皇太子殿下は社交家で、楽しいことが大好きだ。階級にこだわらず、色々な人と気さくに交流しているという。

そのせいか、舞踏会に招かれているのも、古くからの貴族とは限らない。いわゆる中流階級の富豪も、たくさん招かれている。

彼らは、セオドアと同じような立場の人たちだった。

案の定、彼の知人が何人も来ているようだ。彼らに「婚約者だ」と紹介されるたびに、フローラは悲しいような切ないような気持ちになった。

本当なら、セオドアが婚約者として紹介したかった人は、他にいる。

彼らは、それを知ってるだろうか。例の賭の場に立ち会った人がいれば、きっと気づくだろう。セオドアが意中の人を手に入れられなかったことに。

自分の存在がセオドアに恥をかかせているような気がして、フローラは気まずさすら感じていた。

どうして、自分はフローレンスじゃないんだろう。

誰よりも、セオドアがそう思っているはずだ。でも、彼は今のところ、それをおくびにも出さない。思えば、彼が苛立ちをフローラにぶつけたのは、あの初めての夜までだったかもしれない。

――迷わない人なのかも。妻とすると決めた以上、それを貫こうとしてくれているのかもしれないわ。

知人らしき富豪たちと話し込んでいるセオドアの背を見つめ、フローラはそっと息をついた。

噂話などには興味がなくても、仕事の話については場を忘れてしまうほど夢中になるようだ。

そんなセオドアを、好ましい思いでフローラは見つめていた。

「フローラ、どうかしたのかい？」

肩に手を置かれ、フローラははっと顔を上げる。

見れば、レキシントン子爵だった。

先ほどのよそよそしさとは違い、幼馴染みらしい親しみをこめて、彼は微笑みかけてきてくれた。

「ミスター・オーウェルはお話し中のようですので、休んでいました。子爵、お姉さまはご一緒ではないのですか？」

「怒らせてしまってね。不愉快だから、部屋で休むそうだ」

くすくすと、レキシントン子爵は笑っている。

ホテルに泊まるフローラたちと違い、彼とフローレンスは離宮に部屋を賜《たまわ》っているようだ
プライドの高い姉なので、そういえば以前から、レキシントン子爵とよく喧嘩していたみたいだ。フローレンスは美人だから怒っても可愛いと、子爵は言っていたけれど。

今日も、なにかあったのだろうか。だがレキシントン子爵自身は、特に気にする様子でもなかった。

「……それにしても、君は綺麗になったね」

肩に置かれた手が、首筋へ、頬へと滑る。顔が近くなる。

幼馴染みとはいえ、こんなにレキシントン子爵に近づいたことはない。胸がどきどきするというよりも、戸惑ってしまう。

「あ、あの、子爵。そんな……」

「こんなに魅力的なレディになるとはね。ねぇ、リトル・ローズ」

失った名前で呼ばれても、少しもときめかない。

そして、子爵はさらに距離をつめてきた。

こんなふうに男性に近づかれたとき、どう対応すればいいのかなんて知らない。

セオドアは結婚しなくてはいけない人だし、彼の求めるままに身を任せるのはかまわない。レキシントン子爵は憧れの人だった、……――けれども。

もうその想いは、過去形になっているのかもしれない。痛々しいほど強く、そう感じてしまった。

「ふたりで、庭に出ないか？」

「でも、わたし、ミスター・オーウェルをここでお待ちしていないと……」

「こんなところまできて、無粋な話をしている男のことなんて、どうでもいいだろう？　仕事、だったか。まったく、商人は抜け目ない」

頬に触れていた指先が、今度は顎を捉える。

無遠慮な指先に、思わずフローラが身をすくめた、そのときだ。

「俺の妻に、なにか用か？」

「きゃっ」

強引に抱き寄せられ、思わずフローラは悲鳴を上げた。たくましい腕の持ち主は、セオドアだった。

「……不作法な男だな」

レキシントン子爵は、眉を顰める。彼は見下すような眼差しを、セオドアへと向けていた。

フローラは慌てていた。

男性とふたりきりのところを人に見られるのは、好ましいことではない。フローラがレキシントン子爵とふたりきりになりたがったわけではないにしても。

「あ、あの、ミスター・オーウェル……。この方は、レキシントン子爵で……」

彼は幼馴染みで、姉の婚約者。だから、なにもやましいことがないと……――焦りにも似た感情で、フローラはそう言わずにいられなかった。

「紹介は結構だ。馬鹿とつきあうと、馬鹿が伝染する」

突き刺すような鋭い声で言うセオドアは、そのままフローラを抱えるように歩き出す。

何事かと驚いたような周りの目も、気にしないで。

レキシントン子爵は、セオドアのようにはいかないらしい。周囲の目を避けるように、そそくさとその場を離れていく。

「……わ、わたしは、まだあなたの妻じゃないわ」

「ああ、おまえはそう言うと思ったよ」

吐き捨てるように、セオドアは言う。

怖い。

フローラは身を竦ませた。

彼の怒りに、圧倒されてしまう。

「だから、そのことを思い出させてやろうじゃないか」

「な……っ」

手首を強く掴まれ、思わずフローラは声を上げかける。そのまま分厚いカーテンの影に連れ込まれたフローラは、むさぼるようなキスをされた。

「……ん、あ……ふ……っ」

きつくくちびるを噛まれると、じんと熱い熱が生まれた。

こんな場所なのに。カーテンしか隠してくれるものがないのに、深いキスをされてしまうなんて。フローラは頬を紅潮させる。

「やめてください、こんな場所で……」

「こんな場所じゃなければ、いいのか？」

セオドアは、皮肉げに笑う。

そして彼は、フローラを横抱きにするように、窓からテラスへと出た。

「……待って。乱暴なこと、しないで」

まるで引きずるようにベンチへと座らされて、フローラは思わず抗議の声を上げる。そんなフローラを気遣う素振りもみせず、セオドアはフローラの肩を抱き寄せ、強引にくちびるを奪ってこようとした。

「だから、こんな場所じゃいやです……っ」

「誰も来ない」

セオドアは力ずくで、フローラを庭に連れ出していた。

彼の言うとおり、あたりには人気がない。管弦の音も、人々のざわめきも遠く、宮殿の明かりは木々で隠されてしまう。

だからと言って、こんな外で、誰の目があるかわからないような場所で、彼にキスされるのはいやだった。

「……でも、いやです」

「子爵のことが気になるのか」

「え……？」

フローラは、思わず目を見開いた。

セオドアが、どうしてそんなことを言うのか、よくわからない。

「おまえはもう、俺のものだ。他の男のことなんて、気にするな」

「や……っ」

手首を摑まれ、ひねりあげるように押さえられる。

そのままセオドアは、フローラを求めてきた。

「……う、く……っ」

食べられる。

思わずそう錯覚してしまうほど、セオドアの動きは荒々しかった。身を捩ろうとすると、乱暴に胸元を摑まれる。憎しみすら感じるほど、力強く。

どうしてセオドアは、こんなことをし始めるのだろう。わけがわからない。フローラを求めるなら、ホテルに戻ってからにしてくれたらいいのに。

「お願い……。やめて、ください……！」

いくら婚約者とはいえ、していいことと、悪いことはある。

仮面舞踏会はみな、羽目を外しがちになるというし、庭では他にも逢い引きをしているカップルがいるかもしれない。でも、フローラはいやだと言っているのだ。どうして、やめてくれないのだろう。

「黙れ」

セオドアは荒々しい口調でそう言うと、ふたたびフローラのくちびるを奪う。

そして、ドレスのジャケットを思いっきりはだけさせた。

「……い、や……」

コルセットまで引きずりおろされて、胸が露わになってしまう。誰が来るともわからない、こんな場所で。

「おまえに、『いや』などと言う権利は、ないだろう？」

吐き捨てるように言われ、フローラは震えた。

セオドアとは、少なからず上手くやれるのではないかと思いはじめていた。しかしそれは、間違いだったのかもしれない。もともと彼は強引だが、暴力的だとまで感じたのは、今が初めてだった。

「おまえが誰のものか、教えてやるよ」

セオドアは、皮肉げに笑う。

「理解するまで、何度でも……な」

ようやく理解できた気がした。

セオドアは怒っている。その凶暴なほどの激情は、そのまま彼の力強さになっているかのようだった。

でも、理由がわからない。

ドレスの裾までたくし上げられてしまい、はしたなく太股まで剝き出しにされる。ガーター留めまで落とされて、フローラは泣きたくなった。

「やめて、こんな……。こんな、いや……っ」

必死にもがいても、男の力には敵わない。

「やめて……」

悲鳴を上げ、逃げようとしたフローラを、セオドアはベンチに押しつける。そのまま背中からのしかかられ、フローラは表情を強張らせた。

「やめて、やめてください、こんなところで……！」

ただでさえ、ふしだらな娘だと思われているのだ。こんなところを他の人に見られたらと思うと、気が気では無い。

これ以上、自分の醜聞が増えるのは避けたかった。

それに、セオドアの評判まで悪くしてしまう。

「やめていいのか？」

「ひん……っ」

下肢に這わされた指先に、感じやすい肉色の芽を摘まれてしまう。腰を大きく、びくんと跳ねさせて、フローラは思わず息を呑んだ。

「……濡れている」

「……っ」

耳打ちされて、フローラはかっと頬を赤らめる。

いったい誰のせいだと思っているのだろう。

フローラの体は、セオドアの手によって開かれた。そして、快楽を教え込まれてしまった。

だから、彼に与えられる快楽には弱い。

しかも、今彼が触っているのは、フローラのもっとも弱い場所だった。

「……ねが、い……」

じんじんと、触られているところが痺れはじめる。熱くなる。このままでは大変なことになってしまうから、フローラは弱々しい声で妥協をしようとした。

「ホテルに戻ってからなら、いい……から……」

「駄目だ」

撥ね付けるように、セオドアは言う。

「今ここで、おまえが誰のものか、あらためて教えてやる」

「だから、ここじゃいやなの……っ」

「俺は、ここがいい」

「誰かきたら……」

「見せつけてやればいいじゃないか」

「ひ……んっ」

ひねり上げるように快楽の芽を摘まれて、こりこりと指でいたずらされて、フローラは背をしならせる。まるで雌猫みたいに背筋が伸びて、腰が上がってしまった。

「……いや、や……よ……っ」

「いやじゃない」

「ひゃうっ」

尖りをひねりあげていた指先が、さらに深い場所に滑る。柔らかい肉をかき分けるように、深い割れ目に指を滑りこまされて、フローラは思わず悲鳴を上げた。

「や、いやあ……っ」

セオドアの指が奥に入りこむと、素直なそこはすぐに濡れはじめた。びっしょりと潤うことで、セオドアが受け入れやすくなると知っているその場所は、貪欲に彼の指を呑みこんでいく。セオドアの前に、あまりにも無防備すぎた。

キスをされてしまったせいだろうか。

いやだと思っていても、彼のキスは拒めない。深く舌を差し入れられると、中からフローラは濡れだしてしまう。

「……このまま、入りそうだな」

「だめ、え……っ」

ドレスをたくしあげられて、恥ずかしい場所が剝き出しになる。柔らかな肉襞に押しつけられたセオドアの欲望は、すでに猛りきっていた。

「う、そ……」

涙を浮かべて、フローラはセオドアを振り返る。

彼は今まで見たことのないほど、獰猛な顔をしていた。

視線が合うと、口の端が上がる。

「いやらしいな、フローラ。今も、俺に吸い付いてくるじゃないか」

「……や、あ……んっ、いやあ……！」

視線が絡みあったまま、下腹部を鈍痛が貫いた。

いつもよりも乱暴に、セオドアが入りこんでくる。フローラは、征服されようとしていた。

「や、やめて、……っ」

肩を押さえつけようとする腕に、縋るように指を這わせる。しかしセオドアは無情にも、フローラを引き裂いた。

「あ、あう……っ」

「全部呑みこんだな」

「ひゃあっ！」

「このまま、俺をたっぷり味わわせてやろうじゃないか」

腰を大きく揺らし、突き上げながら、セオドアはふたたびフローラの弱い場所に触れてきた。

あらわになった左胸が大きな手のひらにつつまれ、乱暴に揉みしだかれる。そして、セオドアの右の指先は、ふたたび肉色の芽へとのびていた。

「……っ、ああんっ」

肉厚の花弁みたいな場所を開き、摘みあげられた尖りに、容赦なく爪を立てられる。痛い、でも気持ちいい。フローラは、自分の中からはしたない蜜が溢れるのを自覚していた。

「……ひっ、う……ん。や、やあ……！」

フローラは嬌声を上げる。

セオドアの愛撫は乱暴で、そして執拗だった。彼には何度も抱かれたけれども、感じやすい芽を、これほど虐められたのは初めてだ。

——おかしくなる……っ。

いつもは、手加減されていたということなのだろうか。

敏感すぎる場所に過ぎる愛撫は、フローラの意識を飛ばしかけていた。痺れは快感となって全身に広がり、咥えさせられたセオドア自身もきつく締めつける。

ぬるぬるした粘膜と同じように、小さい尖りも蜜まみれだ。そこを強く引っ張るようにいたぶられると、気が遠くなりそうだった。

「……あっ、ひゃう……、ふ……あ……」

フローラは、小さく啜り泣いた。

全身が、燃えるように熱い。嬲られている感じやすい場所は、じんじんと痺れるような、ひりつくような強烈な感覚を生じ、フローラを懊悩《おうのう》させる。

「……ああ、下りてきた」

セオドアは、喉奥で笑う。

「わかるか？　おまえはよくなると……」

下りてくるんだ、とセオドアは嗤う。

体の中にある、いずれ身籠もるための場所……——露骨な単語に、かあっとフローラは頬を赤らめた。

「……んな、そんなの知らない。違う……！」

「違わない」

「ああんっ！」

ひときわ奥に、欲望を突きつけられる。最奥に猛りきったものが当たるあの独特の感覚に、フローラは全身を震わせた。

「知っているか？　こうなるのは、孕みやすいようにするためらしいぞ」

「え……っ」

フローラは、目を大きく見開いた。

セオドアはいったいなにを言っているのだろう。

「……そうなったら、もう二度と俺から離れられなくなるな」

「や……っ」

フローラは、身震いした。

怖い。

執着のにじむセオドアの言葉が、怖くてたまらなかった。

こんなことを言う人じゃないと思っていた。強引で不遜なところはあっても、根は優しい人ではないかと、思いかけていた。

それなのに、今のセオドアは所有欲むきだしに、フローラを支配しようとしていた。

「や、やめ……。いやです、やめて……っ」

「やめない」

セオドアは、低い声で囁いた。

「おまえはもう、俺のものだ」

「……や、いやあ、怖い……っ！」

力まかせに奥を苛まれ、フローラは悲鳴を上げる。セオドアは猛ったものの先端をフローラの奥に押し当てながら腰を揺さぶりつづける。

「あ……っ、あぅ……ん……」

フローラは、虚ろに空を見上げた。

これ以上ないくらい、セオドアを受け入れさせられている。

彼の激情を詰め込まれている場所の鈍い痛みと、それ以上に感じる熱で、フローラはどうにかなってしまいそうだ。

「……っ、ん、くる……し、い……」

あまりにも強く押さえつけられ、狭い蜜路を乱されて、上手に息ができなくなる。フローラはとうとう咽《むせ》び泣き始めてしまった。

「すぐに好くなる」

セオドアには、一切の容赦がない。彼はフローラの腰に手を回すと、一気に抱え上げた。

「……っ、あ……、あ、あぁ……！」

つながったまま体勢を変えられ、セオドアの膝へと乗せられる。大きく足を開いた状態で貫かれて、フローラはのけぞった。

大きく下から突き上げられ、何度も欲望を抜き差しされて、フローラは甲高い悲鳴を上げる。

怖い、やめてと言っても、セオドアはやめてくれなかった。

彼はフローラを繋ぎとめたまま、滾りきったものを彼女の奥へと放った。

ACT 8

ブライトンの仮面舞踏会とともに社交の季節は終わり、狩猟のシーズンになった。あちらこちらのカントリーハウスで、きっと華やかな宴が催されているだろう。

しかし、フローラとセオドアの関係に、進展はなかった。

すでに、新聞の社交欄の公告で、婚約についての告知は終わっている。しかし、フローラはいまだ、婚約時に取り交わすことになっている、財産関係の正式な書類にサインをしていない。

上流階級の結婚の場合、婚約する前に、特に財産について取り決めをしておかなくてはいけないことが多い。相手がアメリカ人であるセオドアだろうと、それは同じことだ。とりわけ、彼からは多額の金銭援助をしてもらうことになる。フローラとセオドアの夫婦間だけではなく、コンコード伯爵家とセオドアの間でも取り決めは必要だった。

ところが、その正式な書類がまだできあがっていない。そのため、フローラはいまいち宙ぶらりんな立場におかれていた。

――持参金もセオドアのお金で用意すると言っていたし、ほとんどセオドアの言うとおりの書類になると思うのだけど……。なにを揉めているのかしら。

正直なところ、コンコード伯爵家から、なにか条件を出せるわけはない。借金どころか、結納金という名目で多額の贈与があるわけだから。

いったい、セオドアと父伯爵はなにを揉めているのか。

憂鬱な表情で、フローラは窓の外を眺めた。

――ミスター・オーウェルは、わたしとの結婚がいやになったのかも……。

ふたりの関係がぎくしゃくしはじめたのは、あのブライトンの夜がきっかけだった。

仮面をつけていたとはいえ、セオドアは本当に恋い焦がれていたフローレンスと顔を合わせてしまったのだ。

セオドアの心に迷いが生まれても、当然のことのように感じる。

身代わりのフローラで手を打って、少なくとも未来の妻として、セオドアはそれなりの気遣いをしてくれているように見えた。でも、フローレンスを身近で見てしまったことで、彼に未練が生まれたのではないか。

やはり身代わりではいやだ、と。

彼の立場なら、父伯爵に無理を承知でフローレンスを差しだすように言うこともできたと思う。いまさらだけれども、彼も傲慢なだけの人ではないということかもしれない。

あるいは、愛するフローレンスを苦しめたくないのか。

フローラは、重苦しいため息をついた。

英国の秋は駆け足で通りすぎていく。このままだと、冬になっても書面の準備が整わないかもしれない。

いったい、フローラはどうなるのだろうか。

コンコード伯爵家は成り上がりの男にロンドンのタウンハウスと娘をとられたとまで、世間では言われているらしい。どうやら、フローラは今、セオドアの婚約者というよりも愛人のように思われはじめているようだ。

――わたしなんて妻にする価値もないし……。愛人でいいと、セオドアも考えはじめていたとしたら、どうしましょう。

フローラは、きゅっとくちびるを噛みしめた。

仮面舞踏会の夜から、セオドアとは上手くいっていない。ちょっとずつ歩み寄りができていた気がするのに、あの夜でなにか壊れてしまった気がする。

あんな場所で、力ずくでねじ伏せられたことにフローラは傷ついた。自分はその程度の扱いしかされない存在なんだと、絶望した。

哀しかった。

その一方で、セオドアは、あの夜以来、フローラに触れようとしない。あんなにも強引に、執拗に、フローラを求めてきたくせに。

俺のものだと、まるで熱に魘されている人みたいに、あのときのセオドアは繰り返し囁いてきた。あれだけのことをしておきながら、今となってはフローラに指一本触れてきてくれないのだ。

あのときは、抱かれるのがいやだった。あんな場所で、まるで踏みにじられるみたいに弄ばれたくなかった。激しすぎる所有欲を見せたセオドアが、怖かった。

けれども、こうやって触れられなくなってしまうと、どんどん不安が募っていく。

――いったい、なにを考えているの……。

フローラは、うつろに視線を室内へと移した。

フローラを求めてこなくなった一方で、セオドアは着々と結婚の準備を進めてもいた。

今、フローラの寝室の片隅には、美しいドレスがディスプレイされている。

花嫁の持参するトールソーのひとつ、セオドアが仕立て屋に持ってこさせた、ウェディングドレスの見本だ。

張りのあるシルクドレスはブルージュ産の薔薇のレースで彩られ、ところどころに真珠が縫い止められていた。高価な布地もレースも真珠も、そして仕立ての技術もふんだんに使われていて、この国の少女が夢みる花嫁衣装そのものだ。

上流階級の少女たちは、結婚する日を楽しみに、トールソーをひとつずつ揃えていく。

ドレス、下着、ハンカチ、など。結婚しても着るものに不自由ないように、特に母親が力をいれてあつらえる。

でも、フローラのトールソーを揃えるのは、花婿であるセオドアだ。両親は、なにもしない。伯爵家が金銭的な苦境に陥った証でしかない、今のフローラの姿を見るのが辛いのかもしれない。

両親も、複雑なのだろう。他に選択肢はないとはいえ、決して歓迎できる縁談ではないからだ。

結婚の噂は上流階級を飛び交っていたが、婚約祝いの品を贈ってくるのは、縁の薄い人たちだけ。姉のフローレンスも含め、親族はまだお祝いを贈ってこない。

お祝いがほしいわけじゃない。でも、この結婚が誰にも喜ばれていないものだと知らしめられている気がして、複雑な気持ちになる。

もっとも、たとえ周りに祝福されなくても、せめて婚約者に愛されていたのならば、どれだけよかっただろう。

フローラは力なく、ドレスの前に跪いた。

──でも、わたしは愛されていない。

政略結婚なんて、貴族の世界では珍しくもない。

愛し愛されていない夫婦関係が世の中にあることも、わかっている。

セオドアに愛されていないことは、はじめから知っていた。その上で、嫁ぐと決めたのだ。フローレンスの身代わりになると言い出したのは、他ならぬフローラだった。

それなのに、どうしてこんなに辛いのだろう。

「……う……」

震えるくちびるを、フローラはそっと噛みしめる。

トールソーがひとつずつ集まってくる。でも、それよりも、フローラはひとつずつ、セオドアのことを知っていけるほうが嬉しい。彼のものと決められて以来、そうやってちょっとずつ歩み寄っていけた気がして、自分たちは夫婦として上手くやっていけるのではないかと、思うようになっていた。

でもそれは、フローラの一方的な想いでしかなかったのかもしれない。

セオドアにとって、フローラはいらない存在なのではないか。そう思うと、身を切られるように辛い。

こんな気持ちを、知りたくはなかった。

フローラは、手のひらで顔を覆う。

こんなみっともない姿は、誰にも見せられない。でも、ここでひとりで泣くことくらいは、許してほしかった。

「フローラ」

名前を呼ばれ、フローラははっと顔を上げた。

よりにもよって、今もっとも聞きたくなかった声で、名前を呼ばれてしまった。

そっと涙を拭って振り向くより先に、背中から抱きしめられる。

「おまえは、ひとりで泣くのか。……強い女だな」

セオドアは、小さく息をついた。

いったい、いつから傍にいたんだろう。彼の気配に気がつかないほど、フローラはまいってしまっていたのだろうか。

ここのところ、フローラと顔を合わせる機会すら減っていたのに。どうして彼は、こんなときばかり傍にいるんだろう。

本当に、フローラが弱っているときばかり、セオドアは現れる。そして、たくましい腕を差し伸べてくるのだ。

「そんなに、俺と結婚するのは嫌か」

「……っ」

フローラは、思わず振り向いた。

しかし、視線は合わない。

セオドアは、フローラの肩に顔を埋めていた。

首筋に彼の体温を感じ、胸が高鳴った。このぬくもりを、もう何週間も感じていなかったのだ。

「だが、諦めろ。……おまえはもう、俺のものだ」

「……ミスター・オーウェル……」

「おまえが、どれほどレキシントン子爵に惚れていようと、諦めるしかない」

「……っ」

フローラは、思わず息を呑む。

「なぜ……」

かつて抱いていた思慕の情は、もうどこかに消えてしまった。でも、たしかに存在した秘めた想いを言葉にされ、フローラは動揺する。

「あんな顔で男を見ておいて、隠せると思うな」

セオドアの腕に、力が籠もる。

「おまえは――」

セオドアの低い声が、ふと途切れる。

彼は、なにを言おうとしたのだろう。かすれたような囁きが鼓膜を揺らした気がするけれども、言葉はかたちになっていなかった。

——わたしは……。

フローラは、そっと目を閉じた。

——わたしは、あなたのもの。

きつく抱きしめてくる腕から、情熱すら感じる。だから、やめてほしいのに。期待なんてしたくない。

もしかしたらセオドアが、少しくらいフローラを欲しがってくれているかもしれない、なんて。

——でも、あなたは、わたしのものじゃない。

彼のものになるのが、辛いわけではない。

彼がフローラのものではないことが、こんなにも辛いのだ。

——あなたこそ、フローレンスに想いを寄せているくせに。

胸が張り裂けそうだった。

今だって、こんなにも強くフローラを抱きしめるのに、キスひとつしようとしない。あれほど、淫らな熱を与え、強引にフローラのすべてを奪っていったのに。どうして、セオドアは、フローラに触れてくれなくなったんだろう。

フローラは、きゅっとくちびるを噛みしめる。

——やっぱり、誰かに聞いたのかしら……。

フローラの過去を。

仮面舞踏会の夜、セオドアが誰かから、フローラの話を聞かなかったとは言い切れない。なにせあの場には、フローラのことをよく知る人たちばかりが集まっていたのだから。

彼らがどんな目でフローラを見ているのかを知られてしまったとしたら、セオドアはどう思ったのだろう。

──『そう』じゃないことは、セオドアが一番知っている。……でも……。

フローラは、うなだれた。

彼の考えていたような、上流階級の高貴な娘じゃない。誘拐され、一ヶ月を娼館で過ごしたフローラは、『伯爵家の娼婦』とまで呼ばれた堕ちた娘なのだ。むしろ、社交の道具として使い勝手が悪いと、思われたのかもしれない。

道具としての価値がないのであれば、必要ないと考えたのかもしれない。

だから、もう求めてこないのだろうか。

でも、それならばどうして、こんなにも繰り返し、フローラに彼のものであることを思い知らせようとするのだろう。

わからない。

見知らぬ世界から来た人だからじゃない。セオドアが、あまり自分のことを話さないからだ。距離を置かれているようで、それも寂しい。

そう、寂しいと思うようになっていた。

――なにか言って。

情熱的に、傲慢に、支配権を誇示してほしい。フローラを欲しているところを、ほんの欠片でもいいから見せてほしかった。

でも、無言の祈りはセオドアに届かない。

セオドアは黙りこんだまま、腕をほどく。

体温が遠ざかっていき、フローラは大きく肩を震わせた。

――……このまま、離れていくの……？

ぞっとした。

やはり、彼はもうフローラに触れるつもりはないのだろうか。慰みとする、魅力もなくなったのか。

寒々しい背中から、絶望を感じる。

ひどく、孤独だった。

どうして、こんなに胸が痛いのだろう。

フローラだって、セオドアとの結婚を望んでいたわけじゃないのに。

フローラは俯いたまま、静かに啜り泣きをはじめた。

＊　＊　＊

セオドアがフローラを置いてパリに旅立っていったのは、その翌日のことだった。旅行ではなく商談で、彼はテオドールのみを一緒に連れていった。

あまりにも慌ただしい、出発だった。

ただの商談。その言葉を、疑っているわけじゃない。テオドールだって、「仕事とはいえ、結婚前にすみません」と言っていた。

それなのに、フローラは胸騒ぎを感じていた。

このまま、彼が離れていくのではないか。そんな予感が、フローラを悩ませた。

人気《ひとけ》が減り、静かになったロンドンの街は静かすぎる。つい、考えすぎてしまうのかもしれない。メアリーにも、心配をかけてしまった。

「所領に戻りましょう、フローラさま」と、彼女は毎日のように勧めてくる。でも、フローラはそれに、力なく首を横に振るだけだ。

セオドアが不在の間、両親のいるハドソン城に帰るなら好きにしていいと、フローラは言われていた。でも、今となっては両親に顔を合わせづらい。なによりも、セオドアの帰りを待っていたくて、フローラはタウンハウスに留まっていた。

留守中にもトルーソーの類《たぐ》いを揃えたければ業者を手配すると、セオドアには言われていた。だが、どうしてもフローラは、積極的に花嫁支度をする気になれなかった。

一応、嫁入り支度の参考にするために婦人誌を何冊か取り寄せたものの、見れば見るほど姉の身代わりとして自分を愛していない男に嫁ぐ身と、雑誌の中の幸せな花嫁像との落差を見せつけられるようで、気持ちが塞いで仕方がなかった。

冬に近づく気候が、ますますフローレンスを憂鬱な気分にさせる。頭上を覆うように広がる灰色の雲は日に日に分厚く、重くなっていき、それに伴ってフローラもますます気持ちが沈んでいく。

父伯爵が訪れたのは、そんなある日。セオドアがロンドンに戻る、一日前のことだった。


「婚約を破棄……！」

フローラの声は上擦り、みっともないくらいひっくり返っていたと思う。驚きを隠すことなんて、できるはずもなかった。

父伯爵のもたらした言葉は、思いがけないものだった。

フローラとセオドアの婚約を、破棄するというのだ。

「どうして……、ですか？」

たしかに、書類の取り交わしは遅れている。

しかし、新聞には告知しているし、婚約者として皇太子殿下の舞踏会にも顔を出した。歓迎されていないとはいえ、セオドアはフローラの婚約者として認められたのも同然だった。

「なにか問題があるのか」

父伯爵は、不思議そうに首を傾げる。

「おまえは、修道女になりたいのだろう？　好きでするわけでもない結婚から解放されるのだから、喜べばいいじゃないか」

「……そ、それは、そう、ですけど……」

相槌を打つフローラの声は、震えていたと思う。

たしかに、フローラはフローレンスの身代わりでしかない。フローラが望んだ婚約でもなかった。

それなのに、胸を掻きむしられるような心地になる。

どうして今更……――フローラの純潔も奪われたのだって察しているだろうに、父伯爵はそんなことを言いだすのだろう。

「ミスター・オーウェルの援助がなければ、我が伯爵家は成り立たないのではありませんか？」

「ああ、そうだ」

父伯爵は、ため息をついた。

「……しかし、フローレンスが」

姉の名前を出され、フローラは戸惑う。どうしてここで、望み望まれて名家の花嫁になる、姉の名前が出てくるのだろうか。

「実は、子爵から婚約を破棄された」

「え……っ」

フローラは、目を見開いた。

あの仮面舞踏会の日、フローレンスは婚約者として、レキシントン子爵と連れ立って歩いていた。

それなのに、いったいどうしたというのだろうか。

「なんでも、レキシントン子爵の浮気を詰《なじ》った挙げ句喧嘩になり、そのまま関係が修復不可能になったそうだ。……フローレンスは気位の高い娘だから、耐えられなかったらしい。大きな醜聞になってしまったが、仕方あるまい。オールドベリー公爵や皇太子殿下がフローレンスの味方になってくださって、レキシントン子爵はしばらく大陸のほうに遊学に出かけるそうだよ」

父伯爵は、ほとほと困り果てたという顔をしている。

オールドベリー公爵は、レキシントン子爵の父親だ。その彼までフローレンスの味方ということは、誰が見てもレキシントン子爵が悪いということか。

しかし、婚約が整い、花嫁修業までしていたのに婚約破棄とは、フローレンスにとっても大きな醜聞になってしまうに違いない。

フローラは、もとからいい噂がない。でも、フローレンスは違う。社交界の花形だった。彼女のダメージは計り知れない。

「このまま我が家に戻っても、あの美しい子に良い縁談が舞い込まなくなる可能性がある。フローレンスが苦労したら、可哀想じゃないか。だから、ミスター・オーウェルの本来の希望どおりにしてやろうと思ってな」

「そんな……」

フローラは言葉もない。

婚約を発表していたフローレンスの婚約破棄が醜聞になるなら、フローラだって同じことだ。ただでさえ結婚は難しかっただろうに、今後はますますそうなるだろう。

それなのに、フローレンスの結婚後の生活が安定することがまず大事、ということなのだろうか。

女性が財産を相続するのは難しい世の中で、どこの家も娘の結婚には必死になっている。上流階級の娘は働くこともできないため、結婚できなければ、実家がよほど裕福でないかぎり、辛い暮らしが待っていた。

娘になに不自由ない生活を送らせたいと思ったら、それなりの良家か、たとえ中流階級でも大富豪との縁談を探すしかない。

両親は、フローレンスを大事にしている。それは、よくわかっていたつもりだった。しかし一方で、自分がここまで必要とされてないとは気付いていなかった。

知らないままで、いたかった。

——でも、これでミスター・オーウェルは幸せになるの？　フローレンスと、結婚できるし……。

自分で考えたことに、フローラは思いの外うちのめされた。

思わず、足下がふらついてしまう。

そう、セオドアの幸福を考えれば、フローラは身を引くしかない。彼が求めているのは、あの美しいフローレンスなのだから。

がくがくと、フローラの全身は小刻みに震えだした。取り乱さないようにしたかったが、無理だ。その場に立っているだけで、精一杯だった。

「お父さま。わたしは、ミスター・オーウェルの婚約者として、社交界に紹介されています。妹との婚約を破棄し、姉と婚約するなど、やはり醜聞になるのではないでしょうか」

いやだ、とは言えない。

言えるはずもない。

フローラには、そんな権利はないのだ。

かわりに、フローラは冷静さを装った。

きっと今、フローラは必死で、みっともなくて、醜い顔をしているに違いない。

フローレンスとセオドアを祝福しなくてはいけない。理性ではそう思っているのに、感情がついていってくれなかった。

冷静なふりをしても、嫉妬が溢れだしてしまう。

いまさらのように、気付く。

あのブライトンの夜以来、ずっと苦しかった。

大事に気遣われる喜びを知ってしまったのに、それを失ってしまったような気がして。

でも、それが不安だったわけじゃない。

孤独を癒やしてくれたセオドアのぬくもりが、恋しかったのでもない。

政略結婚とはいえ上手くやれそうな気がしていたのに、そんな予想が裏切られて、未来が心配になったわけでもなかった。

フローラはただ純粋に、いつしかあの傍若無人な男の妻になる日を待ち望んでいたのだ。

妥協でも打算でもない。孤独の慰めでも、なかった。

身も心も、奪われてしまっていた。

――なんていうことなの……。こんなときに、気付くなんて。

涙も出なかった。

この想いが報われないことは、痛いほどわかっているからだ。

「もちろん、醜聞は避けられない。だが、こうなった以上、可哀想なフローレンスをせめて何不自由のない生活を送れる相手に嫁がせてやりたい。たとえ身分差がある相手でも、実利をとるというところかな。もともとミスター・オーウェルが望んでいたのはフローレンスだし、問題ないだろう」

父伯爵の言葉のひとつひとつが、フローラの胸に突き刺さる。行き場を失ったフローレンスのために、フローラは身を引けということなのだ。

そして、おそらくセオドアの望みにも叶う。

彼がフローラを求めなくなったのは、もしかしてフローレンスが婚約破棄されたことや、父伯爵の意向を知っていたからかもしれない。

本物の『ローズ』が手に入るのだ。もう、まがいものなんて必要ないということなのだろうか。

――ミスター・オーウェル……、セオドア……っ！

荒れ狂う心の中で、彼の名を呼ぶ。この声が届かないことは知っていた。フローラはそれでも、ただ彼の名を繰り返す。

父の声は、いつしか遠くなっていた。

ACT 9

父伯爵の決めたことに、逆らえなかった。

もしもセオドアがフローラを愛してくれていたら、もっと強くなれたかもしれない。でも、ブライトンのあの夜に、フローレンスを見つめていたセオドアの姿を覚えているから、わがままを言うことはできなかった。

フローラが身を引けば、みんなが幸せになるのだから。

フローラは、父伯爵に従って所領に戻った。生まれ育った広大なカントリー・ハウスが、まるでよそよそしく感じられる。あれほど恋しく思えた美しい風景も、今はフローラの心を慰めてくれない。

フローラのかわりに、ロンドンのタウンハウスでは、姉のフローレンスがセオドアを迎える予定だ。

セオドアは出張から戻れば、本当に彼が望んでいた人に出迎えてもらえる。

どれだけびっくりするだろう。

……そして、彼は途方もない幸福を感じるに違いない。

フローレンスは婚約破棄の件で相当落ち込んだようで、気が強い彼女らしくもなく、黙って父伯爵の勧めに従ったのだという。

社交界の華と呼ばれていた人が、大富豪とはいえ成り上がりの男の妻になるという決断をするのは、かなり勇気が必要だったに違いない。それでも、このまま婚期を逃してしまうよりもましだと、判断したのかもしれない。

結婚してからではないと、今の女性は自由に出歩くことも難しい。レディ・フローレンス・オーウェルとして社交界に出入りできるようになれば、彼女はさらなる高貴な人々と愛人関係になることも可能だ。もしかしたら、それを狙っての結婚なのかもしれない。

つまり、セオドアは踏み台でしかない。父伯爵の口ぶりにしても、それを肯定するものだった。

しかし、父伯爵や姉にとっては踏み台でしかない男こそ、フローラが今、焦がれている相手だった。

だってセオドアは、これまでで唯一、フローラをひとりの人間として扱い、認めてくれた人なのだ。

誰かに気遣ってもらえる喜びを、教えてくれた。

ただの政略結婚の相手だとしたら、フローラはこんなにも辛くない。

彼という男性に、惹かれてしまっていた。

――でも、セオドアはフローレンスと結婚できるほうが、幸せに違いないわ。

なにせ彼は、フローレンスのために、この伯爵家の借金すべてを肩代わりしてくれたのだ。そんなことは、よほどフローレンスに惚れ抜いていないと考えつきもしないだろう。

フローラが身代わりになろうとしたことで歪んだ関係が、これでもとに戻るとも言える。聞き分けよくなろうと、フローラは必死で努力していた。でも、無理だ。胸の痛みは、どんどん強くなる一方だった。

窓の外に、フローラは視線を移す。

館に到着したのは昼過ぎだが、もうすっかり夜だ。今日は月の明かりが強く輝いて、館を取り囲む森の影が色濃い。

上流階級の社交の場は、今はそれぞれの所領に移っている。だが、今年はさすがに、パーティーなどを催すつもりはないらしい。今日も、家族だけのディナーの予定だったが、フローラはそれも断って部屋に籠もっていた。

フローラの胸には、ぽっかり穴があいてしまっていた。

――こうなった以上、一日も早く修道院に入ったほうが幸せなのかも。

フローラは、深く息をついた。

俗世と縁を切り、セオドアへの未練を捨てる。それが一番、自分にとっての幸せではないのか。

どうせ、上流社会に居場所がない身だ。

頼りなげに視線をあげると、真っ黒な空に月が輝いている。星のあかりを呑みこむほどに、明るい光を放っていた。

——そういえば、あの夜も月だけが綺麗だった。

遠くに霞んだ過去をなぞるように、フローラは目を閉じる。

かつてフローラは、この城からさらわれた。ちょうど今の時期だ。ロンドンでの社交シーズンが終わり、狩猟が解禁となる。まだ羽振りがよかった伯爵家は当然のように、狩猟パーティーを催していた。

男性が狩猟する間、女性は庭で紅茶を楽しみながらおしゃべりしたり、獲物の数を数えたりしてすごす。その日のフローラとフローレンスは、来客の子どもたちと一緒に庭に出ることを許され、一緒に遊んでいた。

ところが、フローラだけ忽然と姿を消したのだという。

海外の植民地で貴婦人が攫われるという話は、珍しくない。だが、本国の城の庭から、令嬢が忽然と姿を消すというのは、ほとんど聞かれない話だった。そのため、厳しく責任を問われて、子ども部屋付きの侍女たちはみな解雇されてしまった。

誘拐されていた間の記憶が、フローラにはない。

次に覚えているのは、迎えがやって来たときのことだ。

たしか、警察官たちは喜んでいた気がする。それと対照的に、これ以上汚らわしいものなんてないという顔で、父の命令を受けて迎えにきた従僕たちはフローラを見つめた。その冷たい眼差しは、よく覚えている。たぶん、自分の運命を、彼らの表情の中に予感したのだろう。

フローラが発見されたのは、イーストエンドの薄汚れた娼館だった。窓も破れていて、彼らの肩越しの月は煌々と輝いていた。

匿名の、まるで子どものいたずら書きみたいな投書があったおかげで、フローラのもとに助けが来てくれた。半信半疑だったらしくて、警察官は「よき隣人はどこにでもいるもんですなあ」なんて、笑っていた。

でも、あの時から、フローラは自分の属していた世界から居場所を失った。

フローラは誘拐事件の犠牲者であると同時に、娼館で暮らした娘でもある。上流階級の人間にあるまじきことをしていたのではないかと、いろんな人がフローラを疑っていた。

性的なことは、あまりおおっぴらに話すことではない。だから、上流階級の間でも、面と向かってそのことを口にする者はいなかった。一方で、フローラに記憶がないことこそ、『堕落』の証だとも考えられていた。

だから、結婚なんてできない。人を好きになっても想いは叶わないと、いつしかフローラは考えるようになった。

自分に価値なんてないと思っていた。だから、せめて誰かの役に立ちたくて、フローレンスの身代わりとなることも受け入れた。

でも、今にして思えば、もっと早い時期に修道女になっておくべきだった気がする。

セオドアを知る前に戻りたい。彼への恋心は、まるで烙印みたいだ。フローラの胸に刻まれて、色あせてくれそうになかった。

恋することそのものに憧れていたような、レキシントン子爵への気持ちとは違う。セオドアへの感情は、生々しい嫉妬心や、みっともない未練がましさまで、フローラの中から引きずりだす。絶対に叶うことがないという絶望は、息ができないくらいの苦しさで、フローラを責め苛んだ。

それでも、手放せない想いだった。

フローラは一生、この胸の痛みを抱えていかなくてはいけないのだろう。

――フローレンスとセオドアの幸せを、私もいつか祈れるようになるのかしら……。

波が逆巻く海のように、胸のうちが荒れ狂っている。本当に、こんな激情が、衝動が、収まる日が来るのだろうか。

それこそ、神さまの力に縋ることが必要なのかもしれない。

祈りの日々は、フローラを救ってくれるだろうか。

フローラは、ふらつきながらも立ち上がる。

父伯爵に、修道女になる許しをもらおう。

心に決めた以上、行動は早いほうがいい。さもないと、また気持ちが揺れてしまいそうだ。

今頃、スモーキングルームで寛いでいるはずの父伯爵のもとへ、フローラは急いだ。

＊　＊　＊

スモーキングルームは、男性の城だ。従僕に取り次ぎを頼み、フローラは父伯爵に話をする時間を作ってもらった。

やがて、なにか予感しているのか、ばつの悪そうな表情をした父が、ゆっくりした足取りで居間に顔を出した。

「お父さま、実はお願いが――」

フローラは挨拶もそこそこ、用件に入った。

セオドアと、決別する。そのために、俗世から離れた世界へ行く。フローラがその決意を口にするより先に、異変が起こった。

荒々しい足音が聞こえてきたのだ。

「……何事だ」

父伯爵が眉を顰めると、執事が顔を覗かせた。

「たいへんです、マイ・ロード」

状況を説明しようとした彼は、すぐに脇に追いやられる。

そして、彼の後ろから現れたのはセオドアだった。

「どうして……？」

フローラは、呆然と目を見開いた。


「ああ、ミスター・オーウェル。パリからお帰りか。大陸はいかがでしたか？」

驚いたのは、父伯爵も一緒だろう。しかし彼は英国貴族らしい冷静さを取り繕って、セオドアに尋ねた。

フローラもまた、淑女らしく落ち着きを保とうとするが、上手くいかない。せめて動揺を抑えるように、ぎゅっと手のひらを握りこむ。

セオドアの顔を見ただけで、胸が張り裂けそうだった。いつのまに、彼のことをこれほど強く想うようになっていたのだろう。

恋なんて諦めていたのに。でも、本当に好きな人を諦めるのがこんなにも難しいなんてことを、はじめてフローラは知った。

「ロンドンの屋敷には、戻られなかったのか。あちらでは、フローレンスがあなたの帰りを待っているのだが」

淡々と話しかける父伯爵を、セオドアは無視していた。

彼はまっすぐ、フローラを見詰めている。

まるで、その視線で胸を射貫くかのように。

「……婚約者を迎えにきた」

低く、感情を押し殺すような声でセオドアは言う。

しかし、フローラははっとした。

怒っている。

間違いない。セオドアのこういう口調は、彼が怒りを秘めているときのものだ。荒々しく獰猛で、激情ほとばしる眼差しをしていた。

父伯爵は、眉を寄せた。

「フローレンスとは、話をされていないのか。実は――」

「俺の妻は、フローラだ！」

セオドアは、ひときわ声を張り上げた。

――俺の妻、って……。

フローラは、大きく目を見開く。

信じられない。

まさか、セオドアの口からそんな言葉を聞くなんて、想像もしていなかった。

「来い、フローラ」

セオドアは、父伯爵を押しのけるように手を差し伸べる。

その手を掴んでも、いいのだろうか。

フローラなんかに……──そんな幸せが、許されるのだろうか？

揺れる瞳でセオドアを見つめると、彼は力強く頷いた。そして、セオドアらしい強引さで、フローラの腕を掴み、抱き上げる。

彼はそのまま、フローラをさらった。

＊　＊　＊

セオドアの腕に攫われ、そのまま生まれ育った屋敷から駆け出す。父伯爵の許しは、もういらない。だって、セオドアが迎えにきてくれて、フローラに手を差し伸べてくれた。

妻はフローラなのだと言ってくれた。

もう、それだけで十分だ。

誰にも反対されても、祝福されなくても、生まれ育ったこの国の上流階級の世界に居所がなくなろうと、フローラは構わない。

アプローチでは、馬車がふたりを待っていてくれた。

セオドアはフローラの手をとるように、馬車へ乗り込む。

馬車のベンチなんて硬いのに、まるで天国にいるみたいな心地だった。現実のこととは、思えない。

「……ミスター・オーウェル」

おずおずと、フローラは彼の名を呼んだ。

そして、たしかめるように問いかける。

「婚約解消の話は、聞かなかったのですか？」

フローラとの婚約が破棄されたことを、セオドアがちゃんと聞いているか知りたかった。

フローレンスという選択肢があったのに、フローラを選んでくれたのか、まだ不安はある。

「誰が、おまえとの婚約を解消すると言った！」

フローラを抱きしめ、セオドアは声を荒げる。彼の全身から、激情がほとばしっていた。

「俺の妻は、おまえだけだ」

「で、も……」

セオドアは、フローラの瞳を覗きこむ。琥珀色の瞳は、柔らかに細められた。

「『レディ・ローズ』がどれほどの貴婦人だろうと関係ない。……関係、なくなったんだ」

セオドアの声は甘い。そして、隠しようがない熱が籠もっていた。

目の奥が熱い。フローラは、瞳を潤ませた。

信じていいのだろうか。

フローラを選んでくれたのだ、と。

呆然と見開いたまなじりに、小さな透明の粒が浮かぶ。それが頬を伝うのをセオドアは優しく指先で拭ってくれながら、フローラのくちびるを吸った。

くちびるとくちびるを、触れあわせただけ。でも、こんな満たされたキスをしたのは、初めてだった。


「……どこに行くのか、とは聞かないのか」

そっとフローラの手を握り、セオドアは問いかけてきた。

何度もキスを繰り返したせいか、体が熱っぽく、夢見心地だ。そのたくましい胸に体を預けるように、フローラはセオドアへそっと寄り添った。

「あなたが連れていってくれる場所なら、どこへでも」

フローラは、そっとセオドアの手を握りしめる。

「ついていくって、決めたの。あなたが、わたしを迎えに来てくれたから……。わたしはもう、それだけで十分です」

「……そうか」

セオドアは、フローラを胸に掻き抱いた。

「よかった」

「セオドア……？」

フローラは、まじまじとセオドアをみつめる。どこか気の弱そうな言葉は、とても彼らしくないように思えたからだ。

「おまえがもう、俺との婚約など知らないと言ったら、どうしようかと思った」

「あなたみたいな人が、そんなことを？」

「……ああ」

セオドアは、目を眇める。危険な色をした眼差しが、フローラの胸を射貫いた。

「また、おまえが泣き叫んでも押さえつけて、俺のものだと思い知らせてしまいかねないと……。自分が怖かったんだ」

「え……っ」

ふっと、セオドアは息をつく。

「俺は嫉妬深いんだよ」

フローラの額や頬に口づけながら、彼は囁いた。まるで、フローラの輪郭を確かめるみたいにしながら。

「……あのブライトンの夜のように」

「嫉妬……？」

セオドアと、嫉妬という単語が結びつかない。フローラは、思わず小首を傾げた。

「おまえを怯えさせ、怖がらせてしまった。……すまなかった」

セオドアは、深く頭を垂れる。心の底から、後悔しているかのようだった。

フローラは、はっとする。

あのブライトンの夜の狼藉《ろうぜき》。セオドアとフローラの関係がぎくしゃくするきっかけになったできごとの原因は、まさか――。

嫉妬、とフローラは小声で繰り返す。

セオドアはあの夜、レキシントン子爵とフローラに、嫉妬したというのだろうか？

「わたし、あなたを怒らせたのだと思ったんです」

「違う」

優しく、そっとフローラの髪を撫でながら、セオドアは言う。

「俺の苛立ちを、おまえにぶつけてしまったんだ。おまえは悪くない」

「でも、あなたが嫉妬だなんて」

「おまえが、レキシントン子爵と仲睦まじそうにしているから」

苦い表情で、セオドアは言う。こんなことは言いたくない、でも本当のことを言ってフローラに詫びなければ……――そんな葛藤が見え隠れしている。

そして最終的に、セオドアの中で天秤が傾いたらしい。挙げ句、思いがけない言葉が絞りだされてきた。

「……俺とはまったく違う、いけすかない貴公子とやらのほうが、おまえに――」

口を噤んだセオドアは、苦しげに呻いた。

おまえにふさわしいと思った、と。

信じられない。

いつでも自信たっぷりで、傲慢そのものに見える人が、そんな弱気なことを言い出すなんて。

「怖かっただろう？　あのあと、触れるのもためらわれるほど、おまえは怯えきっていた」

すまない、と。セオドアは、真摯に囁く。俺の自分勝手な感情で傷つけてすまない、と。

「それでも、俺はおまえを手放せない」

「……だって、あのときのあなたは、いつもとまったく違ったし……」

そう言いながら、フローラは一気に心が軽くなったことに気付いていた。

あの獰猛なまでの所有欲、征服欲が、嫉妬の表れだとは、思いもしなかった。彼がそれほどの気持ちをフローラに抱いているだなんて、驚きだ。

本当に怖かったけど、辛かったけれども、彼がフローラを想うゆえだったというのならば、受け入れられる。

それに嬉しかった。

フローラの恋は、実らないまま終わるだけじゃない。

「まだ、俺が怖いか？」

「……いいえ」

フローラは、小さくかぶりを振る。

「理由が分かったから……、もういいです」

「……無理をしていないか。おまえは、強がりだから」

セオドアは、まだ心配そうな顔をしている。フローラを心から気遣ってくれる、彼の気持ちが嬉しかった。

「無理、だなんて」

ふっと、フローラは微笑んだ。

「わたしが嫉妬することはあっても、あなたが嫉妬することがあるなんて考えたこともなかったんです。……正直に話してくれて、嬉しいです」

「おまえも、嫉妬するのか」

意外そうに、セオドアは問い返してくる。

フローラは、ちょっと後ろめたくなって、上目使いになってしまった。

「……いけませんか？」

「いいや」

セオドアは、心の底から嬉しそうだ。フローラの額に口づけた、そのくちびるは笑っているかのようだった。

「それに、あのときのことを気をにしてもらえているなんて思わなかったから、不安だっただけ……」

「不安？」

「ブライトンでフローレンスに……、あなたが本当に好きな人に会ってしまったから、もうわたしのことなんていらなくなったのかと思ったんです。わたしは、あなたの求めていたローズじゃない、偽物だから……」

「違う」

セオドアは、一言でフローラの言葉を否定した。

「あれはただ、フローレンスが『ローズ』なのかどうか、知りたかっただけだ」

「……彼女が、紛れもなく『レディ・ローズ』よ」

「俺が探している『ローズ』かどうかが、知りたかったんだ」

謎めいたことを、セオドアは言う。

「だが、別にそれは、下心があったわけじゃない」

フローラとしっかり目を合わせたセオドアは、真摯な表情になった。

「なにか勘違いも多いようだから、よく聞いてくれ。俺はたしかに、『ローズ』のためにコンコード伯爵家の借金を肩代わりしようと思った。だが、惚れたのは……おまえだ、フローラ。『ローズ』だからじゃない。おまえの誇り高さや気丈さに心惹かれた。他人のために身を差し出せるあやうい献身も、弱さを隠そうと意地っ張りになるところも、すべて俺には愛しい」

「え……」

フローラは、呆然とする。

言葉を失い、ただセオドアを見つめるしかなかった。

「おまえに出会って、俺は恋に落ちた。だが、騙し討ちみたいな出会い方だったし、おまえはどうせ政略結婚だと思っているとしか考えられなくて……。俺も、へんに意地になって、素直になれなかったのは認める」

悪かった、とセオドアは言う。

「本当、に……？」

フローラは、掠れた声で問う。

フローラだから、セオドアは好きになってくれた。そう思ってしまっても、いいのだろうか?

まるで、夢みたいだ。

「馬車の旅は長い。少し、話をするか」

ぽつりと、セオドアは呟いた。

「俺は、コンコード伯爵家の『ローズ』に恩がある」

セオドアは、フローラにキスをする。何度繰り返そうとも、飽き足りないと言うかのように。

「だから、あの賭場で、伯爵がろくでもない賭を言い出したときに……——周りの連中が色めき立って、『ローズを賭けよう』なんて言うから、俺も名乗りを挙げたんだ。他の男のものにしてなるものか、と」

「お父さまが賭を申し出たのは、あなただけじゃなかったということ……?」

「コンコード伯爵は、金策に必死だったからな。美しい娘は、彼の自由になる数少ない財産のひとつだったってことさ」

「……」

フローラは俯くしかない。父伯爵のある種の非情さは、いったいどこから来るのだろうか。これもすべて、家を存続させるためなのだろうか……。

しおれたフローラを慰めるように、セオドアは髪を撫でてくれた。優しく、大きな手のひらだった。

「……俺は、『ローズ』がふたりいるとは知らなかった」

鞭のしなる音にかき消されそうになるくらい小さな声で、セオドアは囁く。

「おまえも知ってのとおり、俺がロンドンに乗り込んできたのは、つい最近のことだ。上流階級とのつきあいなんてくだらないと軽視したツケで、必要な情報を手に入れられなかったってことになるな」

セオドアは、どうやら彼自身に腹を立てているらしかった。不愉快そうに、眉根を寄せている。

「アメリカでの事業は順風満帆、あちらはテオドールと同じくらい信頼できるパートナーに任せている。実業家から慈善事業家、そして名士の仲間入りというコースを勧められもしたが、慈善事業に手を出すならロンドンがいいと思って、こっちに来た。欧州で、また一から商売できるか、たしかめたいという気持ちもあったんだ。財産を築き上げたからといって、守りに入るのは趣味じゃない」

そう言うと、セオドアは息をつく。

「俺はもともと、イーストエンドの貧民街で育ったからな。あのろくでもない街で、なにかしてみたかった」

イーストエンドという言葉に、フローラは思わず肩を揺らした。そこは、フローラの記憶の奥底にこびりついている街だ。この広大な帝国の、影の部分を一身に集めたような場所だという。

「……あなたは、新大陸の人ではなかったの？」

「この国にいられなくて、新大陸に渡ったんだ。……親父は、誘拐犯だったからな」

「ゆう、かい……」

大きく見開いたフローラの瞳を、セオドアは覗きこんできた。真っ直ぐ、目をそらさず。なにものからも逃げないという、彼の意思の強さが表れているかのようだった。

「親父は、もとはイーストエンドの住人じゃなかった。だけど、おふくろが死んだあと、酒に溺れてイーストエンドの娼婦のヒモになってしまい、そこからは転落一直線だったみたいだ」

言葉を切ったセオドアの、ヘイゼルの瞳は複雑そうに揺れていた。

「やがて食うに困った親父は、堕ちるまえに従僕をしていた伯爵家の令嬢を連れ去った。そして、身代金を要求したんだ」

目元に影が落ちた、セオドアの横顔をフローラはじっと見つめた。

その顔が、記憶の中のなにかと一致しないか、と。あるいは、欠けた記憶が戻ってこないか、と。

――あなたは、誰？

ふいに、思い出す。

欠けた記憶をなぞるような悪夢を見るときであっても、ほのかなぬくもりを感じたことを。

フローラを助けてくれた、恩人。警察官の言う『よき隣人』の正体は、いったい誰だったのだろうか。

胸が、どきどきしてきた。

セオドアとの出会いは、必然だったのだ。

「ある日、俺たちが暮らしていた穴蔵みたいな部屋に、綺麗なドレスを着た女の子が連れてこられた。あのときは、本当に驚いたもんだよ。ろくでなしの親父だったが、とうとう取り返しのつかないことをしてしまったんだと、俺にもわかったさ」

自嘲めいて、セオドアは口の端を上げる。

「俺は物心ついた頃から、親父に殴られて育った。だから、その頃は本当に無気力になっていて……。親父に逆らうこともできなかった。泣きじゃくるお姫さまにも、なにもしてやれなかった」

「あ、あの、それは……」

フローラは、思わず声を上擦らせる。

間違いない。

――なんてもどかしいの。

恐怖に消えた記憶の中に、間違いなくセオドアがいるはずだ。でも、思い出す手がかりがない。自分が、苛立たしかった。

「……その子は家に帰りたいって言いながら、ずっと泣いていた。部屋の隅に蹲ってさ。それなのに、酒乱の親父が俺を殴りつけようとしたとき、いきなり立ち上がって、俺を背にするように庇ってくれたんだ。あんな経験、生まれて初めてだった」

セオドアのくちびるが、そっとフローラの額に触れる。恭しく、尊いものに触れるかのように。

「自分も怖いだろうに、震えながら、彼女は俺を庇ってくれたんだ。本当に、天使かと思った。俺が生まれてはじめて見た、綺麗なものだった」

ゆっくりと、セオドアの手のひらがフローラの頬を撫でる。肌を滑る感覚に、フローラはそっと目を閉じた。

慈しまれている。

指先から伝わるぬくもりが、フローラの胸を熱くした。

「俺にとって、コンコード伯爵家の『ローズ』は、あの子だ。たとえ社交界で『レディ・

ローズ』が誰だろうとも。……俺が、守りたいと思った、ただひとりの相手だ」

セオドアが、フローラのくちびるを吸う。そっと触れて、離れて。ぬくもりを口移しするかのように。

「あれは、おまえだろう？」

「わたし、誘拐されたときのことはほとんど覚えてなくて……。でも、誘拐された『ローズ』は、たしかにわたしです」

「そうだろうな。……だから、おまえのことは、はじめて見たときから、奇妙な既視感があった」

ふっと、セオドアは息をつく。

「最初は、単純に、今も『レディ・ローズ』と名乗っているフローレンスが、俺の恩人だと思っていた。だから、守りたかった相手に逃げられた、騙されたんだと思って、苛立ちがあったことは否定しない。伯爵家の肩書きを仕事で利用してやるなんて、悔し紛れに言ってしまったりもした」

セオドアは、そっと尋ねてくる。

「……辛い想いを、させたか？」

「あなたに、いらないと思われることほど、わたしにとって辛いことはないんです。……だから、もういいんです」

ぎゅっとセオドアの首筋にしがみつくように、フローラは抱きついた。

「フローラ……」

セオドアは、フローラを抱きしめかえしてくる。

「信じてくれ。俺は、『ローズ』のためにコンコード伯爵家の借金を肩代わりした。だが、おまえと、フローラと出会ったことで、恋に落ちたんだ」

「信じます」

フローラは、深く頷いた。

憧憬の中の『ローズ』ではなく、今ここにいるフローラに恋をしたのだと言ってもらえたのが、嬉しくてたまらない。

たぶん、すべてをさらけだすのは、セオドアにとっては抵抗のあることだったんだと思う。でも、フローラの不安を拭うために、なにもかもを打ち明けてくれた彼の気持ちが、じんと胸に染みいるようだった。

――そうだわ、わたしも。

フローラは、そっとくちびるを開く。

セオドアひとりが悪いんじゃない。そう、伝えたかった。

「……次は、わたしの話を聞いてくれますか？　わたしもあなたに打ち明けて、謝らなくてはいけないことがあるんです」

「なぜ？」

「あなたが最初苛立っていた理由……。騙し討ちしてしまったみたいなものだし。それに、わたしにも敵意や偏見があったと思うんです。ごめんなさい。ずっと狭い世界しか知らずにきたから……」

うしろめたくなって、フローラはつい俯き加減になった。

「俺を知ることで、それが改められたなら、かまいはしない」

セオドアは、軽く肩を竦めた。

「上流階級への敵意や偏見は、こちら側にもあったしな。お互いさまだ」

「もうひとつ、昔のことで……。お礼を、ずっと言えなかったから」

フローラは、ほろ苦く微笑む。

「お礼？」

いぶかしそうに、セオドアは首を傾げた。

「わたしには、誘拐をされていた間の記憶が、ほとんどありません。……ずっと、誘拐された現実からも視線をそらして考えないようにしていたから、わたしを助けてくれた人がいるということに気づけなかったんです。記憶のどこかに残っていたのだけれども、ちゃんと覚えていなくて……、お礼のひとつも言えていなかった」

ありがとう、とフローラは囁いた。

セオドアはいつも、フローラを支えてくれる。失った記憶の中でまで。

セオドアは、首を横に振る。

「そのことなら、礼を言うのは、俺のほうだ。……おまえのおかげで、俺はあの街を抜け出そうと思えるようになったから」

今の彼は、父親に殴られて無気力になっていた少年の面影なんかない。自分の力で、すべてを摑んできた人だった。強引ながら頼もしい男が、懐かしげにフローラを見つめている。

「泣きながら震えているのに、毅然と俺を庇ってくれた小さな背中を見ているうちに、俺はこんな掃きだめみたいなところにこの子を置いておけないと……――まずは字を習った。親父に黙って、警察に投げ文するためだ。直接行ったって、俺みたいなガキの言うことは信じてもらえないって、わかっていたからさ。でも、もう十代になっていたのに、俺は読み書きがまともにできなかったんだ。そのせいで、おまえを家に帰してやるのが遅くなってしまったんだ。すまなかった」

まるで宝物に触れるように、セオドアはフローラにキスを落としてきた。そのぬくもりに、ふと涙腺が緩む。

欠落した記憶は、戻らない。でも、真っ黒に塗りつぶされた過去の中にあったぬくもりは、セオドアの与えてくれたものだったのだ。そのことに気がつくことができたのが、嬉しかった。

「簡単な文章を書けるようになるまでに、何日もかかった。書きたかったのは、たった一文だけだったのにな」

セオドアは、自嘲する。

教育を受けずに育ったことを、引け目に思っているのだろうか。

でも、そんな彼が富豪の位置にまでのぼるなんて、いったいどれだけ努力をしたんだろう。

この大きな手のひらですべてを摑みとろうとするセオドアの強さが、フローラには眩しかった。

「俺は、親父の情婦のもとに小さな女の子を連れていったあと、スコットランド・ヤードに投げ文した。……そして娼館に踏み込まれたと知った親父は、情婦を捨てて、俺だけつれて新大陸に逃げ出した」

セオドアは、強くフローラを抱きしめる。

「すまなかった、フローラ」

彼らしくもなく、力ない声で、セオドアは囁いた。

「俺がおまえを、親父の情婦のところに預けたせいで、辛い思いをさせてしまったみたいだな」

「どうして、謝るの？」

フローラは問う。

そして、おずおずとセオドアの大きな背中に腕を回した。

「あなたは、わたしを助けてくれただけなのに」

彼なりに精一杯のことをして、セオドアはフローラを助けてくれた。その結果がどうであれ、彼には謝ることなんてなにひとつないのに。

「でも、フローラ。おまえは娼館で発見されたせいで――」

セオドアは、くちびるを嚙みしめる。

「俺には信じられない。被害者だったおまえへの、伯爵含めた社交界の連中の仕打ちが。あいつらは、おかしい」

「……仕方ないです。そういう世界なのだから」

「馬鹿を言うな！　仕方ないなんてことはない。おまえは、どうしてそこまで我慢をしようとするんだ」

セオドアは、フローラの肩を摑む。

「おまえにとって、あんな扱いが当たりまえだというのなら……。もう、こんな国にいる必要はない。俺と一緒に、新大陸に行かないか」

「新大陸……？」

「もともと、欧州での商売が軌道に乗ったら、こっちはテオドールに任せるつもりでいた。用があるときだけ、こっちに俺が来ればいい話だ。おまえを苦しませるような場所に、置いておきたくない」

強い語調で言うものの、セオドアはフローラの意志をたしかめてくる。

「生まれた国を離れるのは、いやか？」

フローラは、ゆるく首を横に振った。

「行ったでしょう？　わたしは、あなたについていくと決めたんです」

強く抱きしめてくれるこの腕さえあれば、フローラは他になにもいらない。

「お願い、このまま離さないで」

「ああ、おまえがいやだと言っても、離してやるものか」

セオドアの言葉は強引で、傲慢でも、その力強さがフローラの胸に響いた。

「……おまえの意地っ張りなところも、あやうい強さも愛しい」

熱っぽく、セオドアはキスを求めてくる。情熱的な口づけに、フローラはひとしずく涙をこぼした。

幸福だった。今までの全部を捨ててもついていきたいと思えるほど、愛しい相手が現れてくれるなんて、考えもしていなかった。

そして彼が他でもない、フローラを選んでくれたなんて――。

「そういえば、わたしたちはこれからどこへ行くの？」

馬車の車輪がわだちを刻みながら転がる音が、心地いい。セオドアの腕の中にぴったりと収まったまま、ふいにフローラは尋ねた。

「まずは、ロンドンだ」

「ロンドン？」

「コンコード伯爵家のタウンハウスの権利は、すでに俺に移っている。借金の全額を肩代わりしたんだ。家の一軒くらい、安いものだろ」

セオドアは、少し意地悪い表情になる。

「伯爵家との関係がどうなろうとも、これからもあのタウンハウスは、俺のロンドンでの家兼事務所として利用するつもりだ。なにせ、まだ事業の立ち上げのための調査段階で、事務所を構えるところまでいけない」

「……でも、フローレンスが……」

ひとり残されたであろう、姉のことが気になる。彼女は今、どんな気持ちでいるのだろうか。

レキシントン子爵のことがあったばかりだ。姉は傷ついていないか、心配になってきた。

「彼女は、知人の屋敷に行くと言っていた」

セオドアは、そっとフローラの髪を撫でる。

「高慢な貴婦人だ。……でも、おまえにとってはいい姉なんだろうな」

「えっ」

セオドアは、表情を和らげる。

「俺の顔を見るなり、『妹をよろしく』だとさ」

優しい顔で、セオドアは言う。どこかほっとしているようにも、見えた。

「『父伯爵の勧めを断れなかったのは気が動転していたからだけれども、冷静になってみたらとんでもないことだと気付いた。フローラに申しわけない』とも、言っていたな」

「フローレンスが、そんなことを……」

両親の態度は、思い返しても辛いものだが、フローレンスの言葉はフローラにとって救いだった。少なくともフローレンスは、フローラのことをちゃんと家族として愛してくれていた。

「……正直、伯爵家に対して、色々腹に据えかねていることはあるが」

セオドアは、皮肉っぽい表情になる。

「おまえはどうだ？」

「いろいろなことがありましたが、貴族の娘として何不自由なく育ててもらったから……」

フローラは、困ったようにちょっとだけ笑った。

孤独はあっても、たとえばセオドアの生い立ちに比べたら、フローラは恵まれている。上流階級の文化や価値観に悩まされてきたのは間違いないし、両親の態度だってそこから来ているのだろうけれども、彼らの不幸を願ってはいない。

「あなたとの結婚が決まったときも、フローレンスも、弟のジャン＝ジャックも、わたしのことを心配して手紙をくれたりしました。幸せになれるのか、と。わたしも、たとえ離れるとしても、彼らの遠くから幸せを祈りたいです」

「おまえがいいなら、それで」

セオドアは、軽く肩を竦める。

彼は、フローラの答えを予測していたのかもしれない。そんなふうに感じる、表情をしていた。

「ありがとうございます。……あの、いろんなことを、してもらうばかりでごめんなさい」

「おまえと縁ある人々のことだ。おまえが辛い思いをしないための投資だと思えば安いものさ」

妻の実家だしな、と甘やかな声でセオドアは付け加える。

彼に妻と言われるだけで、どうしてこんな幸せな気持ちになるのか。フローラは、はにかむように微笑んだ。

＊　＊　＊

ロンドンに着いた頃には、すでに明け方になっていた。馬車から降り、フローラを横抱きにしたセオドアは、そのまま寝室まで駆け上がった。

乱れた呼吸や心音に、フローラにも伝染してしまった。ベッドに横たえられ、そのまま覆い被さられたときには、心臓が爆ぜてしまうのではないかと思った。

「ミスター・オーウェル……」

「セオドアと呼べ」

フローラの頭の横に手をついたセオドアが、そっとキスしてくる。最初は優しく、でも少しずつ荒々しくなっていくキスは、彼の激情を表しているかのようだった。

「俺はおまえの夫なのだろう、フローラ？」

「……」

真っ直ぐに尋ねられ、思わず黙ってしまったのは、恥ずかしかったからだ。だが、やがてフローラは、震えるくちびるで、小さく呟いた。

「そう、よ。セオドア……」

はにかみながら、彼の名を呼ぶ。あらたまって名前を呼ぶと、気恥ずかしい。でも、舌先が、ほんのりと甘くなったような気がした。

「わたしは、あなたの妻です」

思いきって、フローラはそう言った。覚悟だったし、幸福の確認でもあった。ぽっと、頬に火が灯る。

その熱くなった頬に、そっとセオドアが触れてくる。優しいキスから、彼の想いが伝わってくる気がした。

「愛している」

ぶっきらぼうに、どことなく照れくさそうに、セオドアは呟いた。

飾り気もない、率直な告白。その言葉を聞いた瞬間、胸がいっぱいになる。フローラはつい、目を潤ませてしまった。

そんなフローラに、セオドアも感極まったかのようだった。彼は情熱的にフローラに口づけてきた。

「……う……んっ」

肉厚のくちびるは、最初はただ触れただけ。でも、繰り返すうちに、少しずつ深くなってくる。深いところで睦みあうように、そっとくちびるを綻ばせると、セオドアが舌を差し入れてきた。

セオドアの舌はざらついていて、どことなく野性味を感じる。口内を舐められると、それだけでぞくぞくした。

硬い上顎も、柔らかい頬の粘膜も、どちらも感じやすかった。セオドアに自分の中まで触れられているのかと思うと、気恥ずかしいけれども嬉しかった。

お互いを食むようなキスをかわしているうちに、ドレスのジャケットの前がはだけられて、コルセットが露わになる。

セオドアは、フローラの鎖骨へとキスした。そこの皮膚は薄いせいか感じやすい。肌を強く吸われると、ぴくんと全身が跳ねた。

丹念に、何度も胸元にキスしてくれたセオドアは、やがてフローラのコルセットを引きずりおろした。ドレスのスカートもクリノレットも奪われて、無防備な下着までセオドアの手で取り払われた。

一糸まとわぬ姿になったのが恥ずかしくて、フローラは思わず胸を隠そうする。そんなフローラの手を、そっとセオドアが押さえた。

「隠すな」

「でも……っ」

「とても綺麗だ」

た。

「……っ」

肌をさらすと、じわりと羞恥心が湧き上がってくる。でも、それすらも今は悦びのスパイスでしかない。セオドアの視線にさらされているところを意識すると、どきどきしてきた。

「……本当は、ずっと触れたかった」

かすれ声で、セオドアは囁く。

「俺の嫉妬心のせいで、おまえを怖がらせてしまったから……。しばらくそっとしておこうと思ったんだ。だが、それがおまえを不安にさせてしまうとはな」

「すまなかった」と、セオドアは恭しくフローラの胸元にくちびるを寄せた。

あらわになった白い胸元は、すでに触れられてもらえる期待に張り詰めていた。左右からそこを手のひらで真ん中に寄せるように覆われたかと思うと、ゆるく揉まれる。指先の些細な動きすら、気持ちがいい。セオドアの指が柔らかなそこのかたちを変えるように動いて、フローラの熱を高めていってくれる。

「……んっ、あ……」

セオドアは、指の隙間から覗く胸の尖りに、挨拶するように口づけた。濡れた、熱い感触に呼応するかのように、フローラのそこはつんと尖った。

「……あ、ふ……ぁ……」

気持ちがいい。

熟れた果実みたいに、胸の先端の色が濃くなる。左胸をちゅくりと吸われると、同じ刺激がほしくて、右胸が疼く。芯が通ったように硬くなったそこは、切なげに震えてしまった。

「……んっ、あ……ぅ、ふ……」

凝ってしまったそこを舌先で掬うように舐めあげられ、先端に舌の裏側を擦りつけられているうちに、フローラは体の芯から潤っていくような感覚に襲われた。

まだ触られてもいないのに、フローラの中にある一番欲しがりな場所が反応している。セオドアがほしい、と。

つい腰をもじつかせてしまうと、ひときわ強くセオドアは胸を吸った。

「きゃあ……っ」

大きな手のひらに包まれたまま、先端だけちゅくちゅくと吸われると、頭の芯まで蜜まみれになったかのように、ぼうっとしてきてしまった。気持ちいい。でも、切ない。だって、もっと他の場所も触ってほしい。左胸は、もうひりつくぐらい、セオドアに可愛がられてしまっているのだし。

「……せ、セオドア……。……もう、あ……っ、や……」

ひときわ強く吸い上げられた瞬間、大きく背中をしならせながら、フローラは哀願する。

「おね、が……い。そこだけじゃ、や……ぁ…っ」

「こっちも、か?」

右胸に、キスされる。歯を当てられた先端は、すでに硬くなっていた。待ち望んでいた刺激を、余すところなく味わってしまう。

「……あんっ」

フローラは、小さく声を上げる。

ねっとりと愛撫されつづけていた左胸は、離れていったセオドアを恋しがって疼く。でも、辛抱強く待ちながら、濃い色に染まっていたのが可愛いと、セオドアは丹念に右胸をいじりはじめた。

「……あ、は……ぁ…う……ん……っ」

先端を軽く歯で引っかかれると、鋭い痛みがそこに走った。フローラの指先まで快感が駆け巡り、ぴんと全身が張り詰める。

セオドアに与えられる快感のことしか、考えられなくなっていく。

でも、まだ足りない。

「……ね、え……。おねが、い……」

フローラは、小声で囁いた。

「……もっと……」

「ここか？」

「ひゃう……んっ」

右の尖りに歯を立てながら、セオドアは左のそれを軽くひねりあげた。鋭い快感に声が漏れたけれども、可愛がってほしいのはそこじゃない。フローラは、むずかるみたいに小さく頭を横に振る。

「そこ、も……気持ちいいけど、そこ……だけじゃなくて……」

重なった体の、触れあっている場所を、フローラは意識していた。疼くように熱い下肢に、張り詰めたセオドアの欲望を感じるたび、びくんと腰が跳ねる。

はしたなくも、膝が開きかけていた。もっと深い場所に、セオドアが欲しくて。

セオドアを受け入れるための場所は、もう蜜をこぼしている。彼に愛されるたび、奥深いところから絞りだすように、じんと痺れるような熱が、蜜となってにじみ出てしまっていた。

「ん、ああ？」

セオドアは、口の端を上げる。

「ここか。もう、ぐっしょりだな」

「あん……っ」

足の間に手を差し入られて、思わずフローラは嬌声を上げてしまった。ゆるく指を動かされるだけで、自分のそこがどれほど濡れているのか、思い知らされてしまう。

「……はしたなくて、ごめんなさい……っ」

欲しがりみたいで、恥ずかしい。フローラは、全身を赤く染める。

「なにを、謝ることがあるんだ？」

セオドアは、フローラの蜜を指先で絡めとるように動かしながら、柔らかい花弁のような場所をそっと動く。そこに隠されている引っ込み思案なものを指でこすりあげられると、もう満足に言葉が出てこなくなるほど、気持ちがいい。

「こんなにも、俺を欲しがっているということだろう？」

「……あっ、ん……！」

「……もう入りそうだな」

蜜口に、指がくぐらされる。ぐっしょりと潤っている場所を泳ぐ指先が気持ちよすぎて、フローラは啜り泣きをする。ゆっくり指を抜き差しされるうちに、ぽってりと柔らかくなったその場所が、セオドアをほしがってうねりはじめた。

「……あっ、もう……だめ、これ以上……」

好すぎて、辛い。気持ちいいから、苦しい。そう、譫言みたいに訴える。体内を渦巻く熱は、フローラを苛みすらしている。この熱は、セオドアじゃなくては宥められない。

フローラは瞳を潤ませ、セオドアを見つめた。

「……おねが……い、ほしい……」

セオドアは、喉を鳴らす。

「いいだろう」

彼は、フローラの細い腰を抱え込んだ。

「俺も、おまえがほしくてたまらない」

「……あっ」

「愛している、フローラ」

濡れた秘唇に、猛りきったセオドアのものが押し当てられる。その圧倒的なほどの感触に、思わずフローラは息を呑む。

「あ、ああ……っ！」

体は、たやすくセオドアに開かれていった。今までとは違い、フローラは彼に奪われるだけじゃなくて、みずから求めていた。

ひとつになったとたん、満たされた。でも、そのままセオドアの熱に浸ることは許されない。体内で感じるセオドアは熱く、獰猛なほどに高ぶりきっていた。さらなる快感を求め、フローラを翻弄した。

腰を大きく揺さぶられながら、突き上げられて、フローラは嬌声を上げる。

「セオドア……、セオドア、駄目。そんなに強くしたら……！」

繊細な内壁が、猛りきった欲望にこねくり回されている。一番深い場所で睦みあう悦びは強い快感になり、フローラを乱れさせた。

「強くしたら？」

「……怖い、の……」

フローラは、かすれた声で囁いた。

こんな強烈な快感が、受け止めきれるかどうか。それが怖い、と。

「俺にしがみついていればいい」

「ん……っ」

食らいつくようにキスされて、フローラは言葉を失う。そして、おずおずと広い背に両手で縋った。

「おまえが愛しくて、抑えがきかなくなった」

くちびるを少しだけ浮かせて、セオドアは熱っぽく囁く。

「だから、このまま……」

「ん……っ」

フローラに深く口づけ、舌をからめたまま、セオドアはふたたびフローラを力強く突き上げはじめた。

「……んっ、う……くぅ……っ」

セオドアの胸に力強く抱かれていても、腰でつながって激しく突き上げられると、体がばらばらになっていきそうだった。

体の芯から、とろけていく。

体内に感じる彼の熱が、フローラを泣かせていた。ひとつになっていることが、嬉しくてたまらなかった。

「ん……ふ……っ」

くちびるで契《ちぎ》る。名前を呼ぶかわりに、互いの舌を強く吸った。その瞬間、フローラの中でセオドアの欲望が爆ぜた。

「……ふ……、う……ぅ、ん……」

熱の余韻に浸りながら、くちゅくちゅと、お互いを貪るようにキスをする。

セオドアのすべてを受け止めて、満たされた。少し傷のある背中をそっと手のひらで撫でていると、セオドアが少しだけくちびるを浮かせる。

「愛している、フローラ」

何度言っても足りない。そう言ってくれる、セオドアの気持ちが嬉しい。

つながったままキスをかわしあい、甘い熱にまどろみながら、そっとフローラは目を閉じた。

エピローグ

アメリカ大陸の東海岸は、ブリテン島以上に冬が厳しい。セオドアに連れられて海を渡ったフローラは、奇跡的にきらめくような日差しになった小春日に、花嫁衣装を身に纏っていた。

花嫁が身につけると幸せになれるというういくつかの小物は、姉のフローレンスがこの日のために送ってくれた。謝罪と祝福の手紙はフローレンスとジャン＝ジャックの連名で、母である伯爵夫人の宝石箱で見た覚えのあるジュエリーも、添えられていた。ブルーサファイアの、ネックレスとイヤリングだ。

母がなにを思い、こうしてジュエリーを送ってきてくれたかはわからない。メッセージはなにもないが、お礼と写真は送ろうと思った。

両親に対して、わだかまりがないと言えば嘘になる。でも、育ててくれた恩はある。離れてしまえば、よい思い出だけが胸をよぎるから、不思議なものだ。

セオドアとは、駆け落ちも同然でこの新大陸に渡ってきた。ロンドンからニューヨークまでは、船旅で二週間弱。着いてすぐに結婚式を挙げるという内容で、両親には電報を打っていた。実際には、途中になっていたウエディングドレスができあがるまで待つことになったけれども、おかげで母が送ってきてくれたものを身につけることができる。

「レディ・フローラ。支度はできましたか？」

そう言って、出迎えてくれたのはテオドールだった。

彼は結婚式に立ち会うためだけに、アメリカに戻ってきてくれていた。

父伯爵の出席が望めない、フローラの父親代わりにエスコートしてくれるのだという。

「美しい」

ふっと、テオドールはため息をついた。

「よくお似合いです」

「……ありがとう」

はにかむように、フローラはブーケへ顔を埋めた。

「でも、もう『レディ』はいりません」

「ミセス・オーウェルと呼ばれるほうが嬉しいですか？」

「……っ」

気取った口調で、真顔で問われ、フローラは思わず言葉を失った。そういう、心臓に悪いことは言わないでほしい。

「……からかわないで……」

じわじわと、結婚するということが現実感を帯びはじめる。嬉しかった。

「そろそろ時間ですが、出られますか？」

「はい」

フローラは、小さく頷く。

真っ白なシルクのドレスの裾をそっと引いて、フローラは滑るように歩きはじめた。テオドールにエスコートされ、セオドアのもとへと。


歴史はあるけれども、小さな石作りの教会。そこで、セオドアの花嫁になることを、フローラは選んだ。

どれだけでも派手に、盛大な式を挙げることもできただろう。でも、フローラは、これから自分が暮らすことになる街の教区教会を選んだ。末永くお世話になります、という挨拶の意味もこめて。

式に呼んだのは、立ち会い人がふたり。テオドールと、セオドアがアメリカの本社の経営を任せている、ルイスという初老の男性だけだ。このふたりを証人として、フローラはセオドアの花嫁になる。

フローラとしては、セオドアには気兼ねなく、結婚式に仕事仲間や友人を呼んでほしかった。でも、フローラはまだこの新大陸に来たばかりで、友達もいない。家族の出席も望めないということで、セオドアも誰も呼ばないということにしたようだ。

小さいが、美しく磨き上げられた祭壇の前で、セオドアが待っている。モーニングコートの漆黒は、彼の逞しい体つきを引き立てていた。

思わず、見惚れてしまう。

「フローラ」

テオドールに耳元で名前を呼ばれる。エスコートしてくれている彼は、優しくフローラを促した。

「さあ、あなたの夫のもとへ」

とくんと、心音が跳ねる。

——セオドア……。

テオドールの手を離れ、フローラはセオドアのもとへ行く。傲岸不遜、でも不器用な努力家で、誰よりもフローラを熱愛してくれる人の傍へと。

彼の、妻になるために。

静かな式だった。聖書の一節を読み上げ、聖なる言葉をかわす。並んで立つセオドアの気配を、ずっと感じていた。

そしてとうとう、誓いのキスだ。

はじめて向かい合う。ベール越しのセオドアは、いつもと違って見えた。

セオドアが、フローラのウエディング・ベールをあげる。彼はじっとフローラを見つめると、「綺麗だ」とかすれた声で囁いた。

「……っ」

フローラは、頬を赤らめる。そんなフローラに、そっとセオドアは顔を近づけてきた。

「愛している」

神さまに誓うよりも恭しく、セオドアはフローラに誓ってくれた。

やがて、しっとりと重ねられたくちびるのぬくもりに浸るように、フローラはそっと目を閉じる。

＊　＊　＊

教会の扉が、外に向かって大きく開く。

暗い教会の中から、セオドアと腕を組んで外に出ようとしたところで、フローラはふいに強くセオドアに抱きしめられる。ふわりと、足が浮いたと思ったら、あっという間に横抱きにされたのだ。

「な……っ！」

思わず息を呑む。

「セオドア、なにを……！」

「摑まっていろ」

そう言うと、彼はフローラに口づけてきた。恥ずかしいと言おうとしたのに、くちびるを塞がれてしまった。

「これでも、浮かれているんだ」

にやりと笑ったセオドアは、フローラを横抱きにしたまま歩きはじめた。

教会の鐘が鳴る。

それを合図にするかのように、まばゆい色の青空に花びらが舞った。そして、「おめでとうございます！」という大勢の人の声。

「え……っ」

フローラは、目を丸くする。

教会の外に、大勢の人たちが集まっていた。いかにも普段着で、たぶん街の人たちだ。

彼らは笑顔で、フローラたちに拍手してくれていた。

「どうして……？」

花びらのシャワーを浴びながら、フローラは思わず声を漏らす。

「結婚式があると、気付いたからだろう。この国の人々は陽気で、好奇心旺盛で、とても親切だ。あとで、挨拶するといい」

フローラにとっては、知る人のいない新大陸だ。でも、結婚式を知らせる鐘の音で、みんな集まってくれたらしい。

おめでとうの言葉に、思わず目が潤む。

ふたりっきりの結婚式でもいいと、思っていた。でも、やはり祝福の言葉は、嬉しいものだ。

「新大陸での生活も、悪くなさそうだろう？」

「そうね」

からかうように笑いかけてくるセオドアに、フローラはこくりと頷いてみせる。

望まれて花嫁になることができるなんて、想像したこともなかった。まるで、夢みたいだ。

でも、伝わってくる体温が、これが現実だと教えてくれた。

「美人な嫁さんだな！」なんて、からかい混じりの言葉にも、くすぐったいような嬉しさがこみ上げてくる。

「残念だな、俺のものだ」

声をかけてきた若い男を振り返ってから、セオドアはフローラのくちびるを奪った。見せつけてやろう、と笑いながら。

口笛混じりの歓声が上がる。

明るい祝福の言葉が飛び交う中で、フローラはセオドアの花嫁になった。

おわり

あとがき

こんにちは、はじめまして。柊平《くいびら》ハルモと申します。このたびは、『薔薇は偽りの花嫁』をお手にとってくださいまして、本当にありがとうございました。貴族のお姫さまお姫さましているタイプのヒロインははじめてなので、書いていて楽しかったです。願わくは、手にとってくださいました皆さまにも、お楽しみいただければ幸いです。

今回は、私の個人的な事情により、本が出るまで紆余曲折ありまして、イラストレーターの鳩屋《はとや》先生や担当さんをはじめ、関係者の皆さまにご迷惑をおかけして、本当に申しわけなく思っております。無事に本が出て、ほっとしました。お世話になった皆さまに、厚く御礼申し上げます。

それでは、またどこかでお会いできますように。

この本を読んでのご意見・ご感想をお待ちしております。

◆ あて先 ◆

〒101-0051
東京都千代田区神田神保町2-4-7 久月神田ビル7階
㈱イースト・プレス　ソーニャ文庫編集部
柊平ハルモ先生／鳩屋ユカリ先生

薔薇《ばら》は偽《いつわ》りの花嫁《はなよめ》

2015年3月7日　第1刷発行

著　者　柊平《くいびら》ハルモ
イラスト　鳩屋《はとや》ユカリ
装　丁　imagejack.inc
ＤＴＰ　松井和彌
編　集　馴田佳央
営　業　雨宮吉雄、明田陽子
発行人　堅田浩二
発行所　株式会社イースト・プレス
〒101-0051
東京都千代田区神田神保町2-4-7 久月神田ビル8階
TEL 03-5213-4700　　FAX 03-5213-4701
印刷所　中央精版印刷株式会社

ISBN 978-4-7816-9538-9
定価はカバーに表示してあります。